Die falsche Wahl

Danke, Uta. Wie immer.

Enno Reins

Die falsche Wahl

Ein Lozen Graham-Fall

Bibliografische Information der Deutschen Nationalbibliothek:
Die Deutsche Nationalbibliothek verzeichnet diese Publikation in der Deutschen Nationalbibliografie; detaillierte bibliografische Daten sind im Internet über http://dnb.dnb.de abrufbar.

TWENTYSIX – Der Self-Publishing-Verlag
Eine Kooperation zwischen der Verlagsgruppe Random House und BoD – Books on Demand

© *2020 Enno Reins*

Herstellung und Verlag:
BoD – Books on Demand, Norderstedt

ISBN: 978-3-740764678

Interlude 1

Die geschlossene Black-Phoenix-Chat-Gruppe auf dem Instant-Messenger-Portal des Onlinedienstes ‚LukOut':

Wondergirl32: „Du bist überzeugt, dass die Auswahl ein Problem darstellt?"

Hammerhead11: „Ja. Hatte mehrfach mit der Person zu tun."

LadyMystery5: „Was unternehmen wir?"

Wondergirl32: „Wir setzen einen Kontraktor ein."

Hammerhead11: „Soll ich mich nicht darum kümmern?"

Wondergirl32: „Aus Sicherheitsgründen nehmen wir einen Kontraktor von außerhalb. Vorschläge?"

Patriot33: „Passe."

LadyMystery5: „Passe."

FourFace8: „Passe."

UnionJack: „Mein Vorgesetzter hat Leute in der Stadt."

Wondergirl32: „Ich sagte, ein Kontraktor von außerhalb."

Hammerhead11: „Ich kenne jemanden. Fähig. Unpolitisch. Aus dem kriminellen Milieu. Teuer. Im Notfall entbehrlich. Weiß nicht, ob er solche Aufträge annimmt."

Wondergirl32: „Schick die Kontaktdaten zu UnionJack. @UnionJack: Überprüf den Kontraktor, schließ den Vertrag ab, wenn er der Richtige ist, und informier deinen Vorgesetzten."

1.

Ein scharfer Wind blies. Es nieselte. Der Mann schaute die Menschen um sich herum an, die wie er an der Ampel warteten. Eine massive Frau mit dicken roten Lippen und stämmigen Beinen, die eine blaue Jacke und einen gelben Wollrock trug. Vermutlich eine Verkäuferin. Ein glatzköpfiger Afroamerikaner, der eine Aktentasche wie ein Schild vor den Bauch hielt. Vielleicht ein Buchhalter, vielleicht ein Frührentner, auf jeden Fall jemand mit wenig Selbstvertrauen. Ein Typ mit grünem Mantel, weißem Hemd und grüner Krawatte. Mode, Musik, Internet, schwer zu sagen. Eine Araberin mit Regenschirm, die in einem Pelzmantel steckte, mit einer hochgesteckten Frisur, wie sie in den 1960ern in Mode gewesen war. Nicht einzuschätzen, womit sie ihr Geld verdiente, unter Umständen tätowierte sie, auf jeden Fall ein Retro-Groupie. Drei Teenager mit Mützen, die auf ihre Smartphones starrten. Schüler. Neben ihnen stand ein älterer Herr mit Hut, der aussah, als wäre er Statist in einem Mafia-Film. Der Mann beobachtete gern. Wer beobachtete, lernte etwas. Über Menschen, über Abläufe. Wer beobachtete, war achtsam. Wer beobachtete, erkannte frühzeitig eine Bedrohung und überlebte.

Die Ampel sprang um. Der angezeigte Countdown unter der weißen Hand zeigte an, dass die Fußgänger dreißig Sekunden lang Zeit hatten, die Straße zu überqueren. Der Mann schlenderte auf die andere Seite, wo er eine Gruppe passierte, die trotz des miesen Wetters Flugblätter verteilte. Sie trugen Anstecker, auf denen ‚Joel Kraft for President' stand. Eine fette Fanatikerin mit blondem Haar drückte ihm ein Flugblatt in die Hand.

„Weg mit Präsident Adam A. Kettle", sagte sie mit wütender Stimme. Unter der geöffneten Hardshelljacke trug die Fanatikerin ein T-Shirt mit viel Text. ‚Die USA ist keine Demokratie, sondern eine konstitutionelle Republik' war auf der Brust zu lesen. Es war Wahlkampf, mal wieder, immer noch, hatte er überhaupt je aufgehört? Gefühlt nicht, dachte der Mann und warf das Flugblatt weg.

Er war einsachtzig, kräftig gebaut, wog knapp hundert Kilo, mit grau-weißen Haaren, die zu einem Männerdutt gebunden waren. Das Gesicht war faltig und braungebrannt. Über dem linken Auge hatte er eine rote Narbe, die sich durch die Augenbraue zog. Ein Messerkampf in einem Lastenaufzug in Singapur. Er trug eine schwarze Lederjacke, die in den 1970ern neu gewesen war, darunter einen schwarzen Kapuzenpulli, dazu eine schwarze Cargohose. Der Gang war federnd und schwer zu gleich. Sein Alter war im Führerschein mit einundfünfzig angegeben. Das Dokument war eine Fälschung, das Alter eine Schätzung, was daran lag, dass er es nicht kannte. Aber das war eine Sache, über die er selten Worte verlor.

Aus der Innentasche der Lederjacke zog er das Smartphone. Zwei Push-Mails eines Nachrichtenportals auf dem Display: Der Dow-Jones-Index war auf einen historischen Höchststand geklettert und die Doomsday Clock auf zwei Minuten vor zwölf gesprungen. Was sagte einem das?

Im Gehen kramte er Kopfhörer hervor, steckte sie ins Ohr und startete auf einer App auf dem Smartphone einen Radiosender. Es lief ein Bericht, der die Vorwahlen thematisierte. Acht Republikaner kämpften um die Kandidatur, darum, den amtierenden Präsidenten Adam A. Kettle zu schlagen, der die zweite Amtszeit anstrebte. Der Bericht fokussierte auf den überraschenden Umstand, dass Mr. William McKay, ein Außenseiter unter den Präsidentschaftskandidaten der republikanischen Partei, in den Umfragen auf Platz drei stand, nur knapp hinter Joel Kraft, dem populären erzkonservativen Gouverneur von South Dakota, der für Gesetz und Ordnung stand, und hinter Marian Stacey, einer ehemaligen Seriendarstellerin aus den 1990ern, die ohne politische Erfahrung, aber mit Kraftausdrücken und provozierenden Gesten auf sich aufmerksam gemacht hatte.

Der Radiosprecher fasste die Karriere von William McKay zusammen, einem mehrfachen Millionär Mitte sechzig, der sein Geld mit zwei Banken und einer

Computerfirma gemacht hatte, der früher ein Mitglied der Demokraten gewesen und dann am Ende seiner ersten Amtszeit als Gouverneur von Wyoming zu den Republikanern gewechselt war, was ihn seine Wiederwahl gekostet hatte. Der Kandidat war ein Gemäßigter, der Abtreibung und eine ökologische Wirtschaftspolitik befürwortete.

Der Mann betrat die gut gefüllte Veranstaltungshalle im Westen von Washington D.C., in der William McKay in wenigen Minuten eine Wahlkampfrede halten würde. Bei den vergangenen zwei Auftritten hatten Provokateure die Rede des Kandidaten mit Beschimpfungen und Sprechchören unterbrochen.

Auch wenn er von Wahlkämpfen keine Ahnung hatte, glaubte der Mann nicht an Zufälle. Die Zielperson dachte wohl ähnlich. Bei den vergangenen Auftritten des Kandidaten hatte es keine Bestuhlung gegeben, weshalb es den Störenfrieden gelungen war, auf die Bühne vorzudringen. Diesmal gab es fünf Stuhlreihen, die als Verteidigungsmauer dienten. Wer zur Bühne wollte, musste es links oder rechts versuchen, wo breitschultrige Schlägertypen in dunklen Anzügen standen. Der Mann glaubte, dass die Zielperson etwas plante. Sein Smartphone piepte. Eine Nachricht: „Warte mit dem Wagen vor der Halle."

Er schaute sich das Publikum an, das auf den Sitzen Platz genommen hatte. Harmlose Anhänger des Kandidaten. Hinter den Stuhlreihen, wo sich die Menschen drängten, da würden die Provokateure auftauchen.

2.

Als der Kandidat, ein schlanker weißhaariger Mann, mit dynamischen Schritten die Bühne betrat, erhoben sich die Menschen von den Stühlen, schwenkten die US-Fähnchen und jubelten. Der Mann sah die Zielperson links am Bühnenrand neben Wahlkampfmanagerin Lena Dixon, einer kleinen kräftigen Frau mit großer Nase und kurzen grauen Haaren, die einen blauen Business-Anzug und High Heels trug. Der Mann hatte mitbekommen, dass Lena Dixon die Zielperson und ihr Team nicht mochte. Die Abneigung war gegenseitig. Die Zielperson hielt sie für eine Rassistin.

Wie bei den vorherigen Veranstaltungen legten die Provokateure los, als der Kandidat mit der Begrüßung fertig war und mit seiner Rede begann. Sie brüllten ‚Mörder‘, was sich auf seine Abtreibungspolitik bezog, sie riefen ‚Verräter‘ und ‚Jobkiller‘, weil der Kandidat an Umweltschutz glaubte, sie schrien

‚Marionette', weil er mehr Geld an die UN zahlen wollte. Als er sah, wie die Zielperson die Bühne verließ, eilte er nach draußen. Gegenüber der Halle sah er den schwarzen 1970er Dodge Charger RT parken, lief hinüber, öffnete die Tür und setzte sich auf den Beifahrersitz. Den Wagen hatte er sich gekauft, weil der Held seiner Lieblingsactionfilmreihe ihn fuhr, wofür ihn seine Mitarbeiterin bis heute hochnahm, weil sie es pubertär fand.

„Alles okay, Boss?", fragte die Asiatin am Steuer. Die langen Haare waren blond gefärbt und zum Zopf gebunden. Auf der linken Wange hatte sie ein rotes Drachentattoo, der Hals war mit verschiedenen Motiven bedeckt. Die Frau trug eine braune Jacke und eine braune Hose. Die linke Hand am Steuer war wegen der vielen Tattoos fast schwarz. Mit vollem Namen hieß sie Constance Kris Chan, aber den ersten Vornamen ließ sie unter den Tisch fallen. Klinge zu sehr nach Tussi, hatte sie dem Mann erklärt, und er konnte nicht widersprechen.

„Alles bestens."

Er nahm eine Kamera mit Teleobjektiv von der Rückbank. Es dauerte nicht lange und er sah, wie die Zielperson aus einer Seitenstraße fuhr, in zweiter Reihe parkte und den Eingangsbereich beobachtete. Sie hatte tatsächlich etwas vor.
Kurz darauf schoben Sicherheitsleute schreiende und wild gestikulierende Frauen und Männer aus der Halle nach draußen auf den Gehweg. Zwei der Typen hatte der Mann bei den vorherigen Veranstaltungen gesehen.

Nachdem die Sicherheitsleute sich in die Halle zurückgezogen hatten, stürzte eine Frau auf die Eingangstür zu und rüttelte an ihr, aber sie war jetzt verschlossen. Ein mittelgroßer kräftiger Kerl um die dreißig mit kurzen dunklen Haaren, der eine rote Jacke trug, redete beruhigend auf sie ein. Er gehörte zu denen, die der Mann wiedererkannt hatte.

Als der Kerl sich von den anderen verabschiedete, fuhr die Zielperson ihm langsam hinterher.
„Häng dich dran", sagte der Mann, „aber vorsichtig."
„Ich habe das schon öfter gemacht."

„Sie ist ein Profi."

„Ich auch."

„Dann respektiere sie und pass auf."

Die Zielperson hieß Lozen Graham. Mitte dreißig. Lange schwarze Haare. Schlank. Circa 50 Kilo. War bei der Army gewesen. Special Forces. Scharfschützin. Danach Ermittlerin beim CID, der Militärstrafverfolgungsbehörde der U.S. Army. Vor einigen Jahren hatte sie ‚Graham Security' gegründet, eine kleine Firma in Washington D.C., die Ermittlungsarbeiten und Personenschutz anbot. Sie war für die Sicherheit von William McKay verantwortlich.

Lozen Graham besaß einen guten Ruf. Der Auftraggeber hatte den Mann gewarnt, sie nicht zu unterschätzen. Würde er nicht. Auch wenn er nach zweiwöchiger Überwachung zu dem Schluss gekommen war, dass sie ihre beste Zeit hinter sich hatte. Sie ging zu einem Psychiater, trank und kiffte zu viel. Nicht gut. Wahrscheinlich ein Kampf, eine Verletzung, ein Toter zu viel. Das passierte den

Besten. Eines Tages ließen einen die Nerven im Stich. Zum Glück hielt er durch, obwohl er seit über dreißig Jahren im Geschäft war.

Der Provokateur stoppte zwei Blocks entfernt vor einem dunkelblauen Chevy älteren Jahrgangs und stieg ein. Er fuhr zur Interstate 395, dann raus aus der Stadt, bog beim Fort Ward Park auf die King Street und nach ein paar Meilen auf einen Feldweg, der durch ein Waldstück zu einer Lichtung führte, auf der Wagen parkten und auf der eine inoffizielle Schießanlage errichtet worden war. Hinter einer behelfsmäßigen Absperrung aus Baumstämmen und Steinen standen Frauen und Männer und feuerten auf Zielscheiben in Form von Raubtieren, Drachen, arabisch aussehenden Terroristen und bekannten Politikern.

Der Kerl kletterte aus dem Wagen, eine braune Holzschatulle unter dem Arm, aus der er einen silberglänzenden Colt nahm. Lozen Graham stieg ebenfalls aus. Sie trug einen schwarzen Ledermantel und eine schwarze Wollmütze. Sie lehnte sich auf die

Kühlerhaube, rauchte eine Zigarette und beobachtete den Kerl, der an einer Mutter vorbeiging, die ein Baby mit schallisolierenden Kopfhörern in den Armen hielt und ihrem Mann und ihrem pubertierenden Sohn zuschaute, wie sie mit halbautomatischen Waffen auf eine zerschossene Zielscheibe ballerten, die den aktuellen US-Präsidenten darstellte. Als der Kerl Kugeln in die Trommel seiner Waffe schob, zog Lozen Graham eine Heckler & Koch P9S aus dem Schulterhalfter, suchte sich einen Platz und begann, auf eine runde Zielscheibe zu schießen.

„Lass uns auch ein bisschen, sonst fallen wir auf", sagte der Mann.
„Okay."
Die Asiatin und er stiegen aus und gingen zur Schießanlage. Sie trugen Gürtelholster, in denen jeweils eine Glock 22 steckte. Sie zogen ihre Waffen und schossen auf einen blauen Drachen. Der Kerl stand ein paar Meter entfernt und ballerte auf einen Holzstamm. Neben ihnen zeigte ein fülliger Vater mit Sonnenbrille einem kleinen Mädchen, wie man mit dem Gewehr umging.

Nach einer halben Stunde war der Provokateur fertig und fuhr zu einem Einkaufszentrum in der Nähe. Als er aus dem Wagen stieg, trug er eine uniformähnliche Jacke mit dem Logo der ‚National Rifle Association‘, die NRA, die Organisation der US-amerikanischen Waffenlobby, und eine prallgefüllte Sporttasche. Er ging nicht shoppen, sondern zu einem Kindergarten, den es am Rande des Konsumtempels gab. Lozen Graham folgte ihm.
Der Mann stieg aus, mit der Kamera in der Hand. Er zoomte heran. Durch ein Fenster konnte er ins Spielzimmer schauen. In dem stand der Kerl und holte vor den neugierigen Augen einer Gruppe Kinder verschiedene Schusswaffen aus der Sporttasche und drapierte sie auf einem Tisch, auf dem Kürbisse standen, weil Halloween kurz bevorstand. Damit war klar, was der Kerl tat. NRA-Anhänger meinten, den Umgang mit einer Waffe könne man nicht früh genug lernen. Der Mann ging zurück zum Wagen.
„Was macht der Kerl da drin?", fragte Kris Chan.
„Kleinen Kindern klarmachen, wie cool Knarren sind."

„Es geht nichts über gute Erziehung."

3.

„Der Provokateur heißt Buck Risso. Dreiunddreißig, geschieden, zwei Kinder. Arbeitet zurzeit für eine Firma für Sanitärtechnik in Arlington, Virginia. Mitglied der NRA. Mitglied der Republikanischen Partei. Besitzt einen Waffenschein", sagte eine Männerstimme.

Akzent von New Orleans, es ist Nick Davout, dachte der Mann. Er saß mit Kris Chan in einem leer stehenden Büro, das er angemietet hatte und zwei Stockwerke über dem von Graham Security lag. Auf einem Tisch hatten sie Aufnahmegeräte und andere Überwachungstechnik aufgebaut. Auf drei Monitoren waren die Räumlichkeiten von Lozen Grahams Firma zu sehen.

„Hat er Vorstrafen, Nick?", frage Lozen Graham.

„Keine."

Nick Davout war der gefährlichste Mitarbeiter von Graham Security. Der Mann hatte sich umgehört. Selbst der russische Mafioso in New York, für den er früher gearbeitet hatte, sprach von ihm mit Hochachtung. Jemand hatte Nick Davout als einen Menschen beschrieben, für den die Welt, in der er lebte, viel zu langsam war. Er war ein Computer-Ass mit fotografischem Gedächtnis, der mit achtzehn seinen Doktortitel gemacht und eine kurze, aber erfolgreiche Karriere beim CIA hingelegt hatte. Warum er schließlich bei Lozen Graham angeheuert hatte, konnte der Mann nur vermuten. Leute mit einem hohen IQ hatten oft Probleme mit strengen Hierarchien und viel Bürokratie.

„Risso ist also ein unbeschriebenes Blatt", sagte eine Frauenstimme.
Karen Seymour, Afroamerikanerin. Wie Lozen Graham eine ehemalige Scharfschützin. Zwei Touren in Afghanistan. Besaß dank einer Mine auf einem staubigen Trampelpfad in Kunduz eine Beinprothese, die sie bei Einsätzen offenbar nicht behinderte.
„Die Slackers sind am Kerl dran", sagte Lozen Graham.
Nach dem Kindergarten war Buck Risso nach Hause gefahren. Er wohnte in Nauck, das zu Arlington

gehörte. Offenbar hatte Lozen Graham beschlossen, ihn zu überwachen. Das machte Sinn, weil es wahrscheinlich war, dass er im Auftrag handelte. Dafür sprachen Störungsversuche an Veranstaltungsorten in verschiedenen Bundesstaaten. Der Mann öffnete auf dem Laptop einen Ordner mit dem Namen ‚LG', in dem er und Kris Chan die Informationen über Graham Security sammelten. Die Slackers fand er schnell. Zwei Kautionsjäger namens Jose Martinez und Zac Egger. Ex-Cops, die gelegentlich für die Zielperson arbeiteten. Warum sie die Typen ‚Slackers', die Faulenzer, nannten, stand nicht in den Unterlagen.

„Die Fotos von diesem Risso und seinen Komplizen habe ich euch geschickt", meinte Lozen Graham.
„Okay", antwortete Karen Seymour.
„Was anderes: Reichen die Leute, die wir angeheuert haben?"
„Sicher", sagte eine zweite Männerstimme.
Rowan McIntire, ein kleiner rothaariger Mann Mitte vierzig, der früher für Homeland Security Terroristen gejagt hatte. Er, Nick Davout und die Frauen bildeten

das Kernteam von Graham Security. Für Einsätze, die mehr Personal benötigten, griffen sie auf einen Pool von freien Mitarbeitern zurück.

„Was steht morgen an?", fragte Karen Seymour.
„Ein Rodeo. Dein Job", sagte Nick Davout.
„Ist die Dixon dabei?"
„Ja."
„Fuck."
„Du wirst es überleben", sagte Lozen Graham.
„Komm doch mit."
„Eine Afroamerikanerin und eine Ureinwohnerin auf einmal wären zu viel für sie."
Lozen Graham war Chiricahua-Apachin.
„Nehmen wir auf die Bitch jetzt auch noch Rücksicht?"
Es gab eine Tonstörung. Kris Chan und der Mann hatten die Büroräume, die Wahlkampfzentrale von William McKay und Lozen Grahams Haus verwanzt und versteckte Kameras angebracht. Der Mann hatte anfangs gezögert, weil Nick Davout fast mystische Fähigkeiten zugeschrieben wurden. Deshalb beunruhigte es ihn, dass im Konferenzzimmer, in dem

sich die Zielperson und ihre Angestellten befanden, die Kameras nicht funktionierten und die Mikrofone Aussetzer hatten.

„Ich verspreche dir, Karen, wenn wir mit dem Job durch sind, kümmern wir uns um diese rassistische Schlampe", sagte Lozen Graham.

Ungewöhnlich an der Zielperson war, dass sie politisch links stand, was der Mann bei einer Frau mit ihrem Lebenslauf nicht erwartet hatte. Vor einer Woche hatte er ein privates Gespräch der Frauen abgehört. Sie hatten in Lozen Grahams Haus gesessen, Weißwein getrunken und einen Superheldenfilm angesehen, in dem sich ein humanoider Meeresbewohner über die Umweltzerstörung durch die Menschen beschwerte. Das hatte Lozen Graham veranlasst, eine Geschichte aus ihrer Vergangenheit zu erzählen; wie sie vor über fünfzehn Jahren den Bau einer Ölpipeline durch ein Naturschutzgebiet verhindern wollte, indem sie die Laster, Bagger und Werkzeugschuppen auf der Baustelle in Brand gesetzt hatte.

4.

Die Zielperson verließ am frühen Abend ‚Clints Gym', in dem sie zwei- bis dreimal pro Woche in den Ring stieg, um zu trainieren. Es wurde von einem riesigen Afroamerikaner betrieben. Einmal war ihr der Mann in die Halle gefolgt. Wenn man jemanden im Ring beobachtete, lernte man viel über ihn. Lozen Graham kämpfte gradlinig, unkonventionell, pragmatisch und hart. Mit das Beste, was der Mann seit Langem gesehen hatte. Es machte ihm klar, dass sie trotz der offensichtlichen Schwächen jemand war, die es mit jedem aufnehmen konnte.

Die Zielperson stieg ins Auto und fuhr los. Der Mann folgte ihr. Offensichtlich ging es nach Hause. Lozen Graham lebte am Rande von Washington D.C., in Takoma Park, Maryland. Kurz bevor sie ankamen, bog Lozen Graham ab und fuhr in eine andere Richtung. Vor einer Schule, einem dreistöckigen Gebäude aus rotem Backstein mit großen Fenstern und einem grünen Dach, parkte sie, stieg aus und ging hinein. Der Mann wartete etwas, bevor er zum Eingang ging. An der Tür klebte ein handgeschriebenes Schild, auf dem stand, dass ein Treffen einer Selbsthilfegruppe für Veteranen in einem Raum im Erdgeschoss stattfand. Die Gruppe nannte sich ‚Veterans for Life'. Dass die Zielperson zu solchen Treffen ging, war neu für den Mann. Das hieß, sie besuchte sie selten und unregelmäßig.

Er machte ein paar Schritte zurück und sah ein Fenster, aus dem Licht drang. Er ging hin und schaute vorsichtig hinein. Lozen sprach mit einem drahtigen Afroamerikaner mit Henriquatre-Bart und Brille, den der Mann auf fünfzig schätzte. Ihm fehlte die rechte Hand. Sie standen in einem schmucklosen Klassenzimmer, in dem Stühle zu einem Kreis aufgestellt waren. Außer der Zielperson und ihrem Gesprächspartner befanden sich dort ein Dutzend Männer und Frauen zwischen zwanzig und siebzig. Einige sprachen miteinander, andere saßen apathisch auf den Stühlen. Nach einigen Minuten setzten sich alle und der Afroamerikaner sprach zu ihnen. Er war also der Leiter der Gruppe. Schade, dass er nichts hörte, dachte der Mann.

5.

Lozen Graham parkte vor einem einstöckigen Holzhaus mit einer Veranda an der Vorderseite, das hellblau angestrichen war. Vor der Eingangstür saß ein rauchender junger Typ mit asiatischen Gesichtszügen, schwarzem Haar und Dreadlocks. Neben ihm stand ein schwarz-grüner Rucksack. Als Lozen ihn sah, musste sie lächeln. Offenbar kannte sie ihn.

„Mach ein Standbild von dem Typen", sagte der Mann zu seiner Mitarbeiterin. Er saß mit Kris Chan in einem Wohnmobil, zu dem er direkt von der Schule gefahren war. Er hatte auf dem Weg die Selbsthilfegruppe recherchiert. Es gab wöchentliche Treffen. Sie wurde von einem Omar Meze geleitet, der in Somalia gedient hatte.

In dem Fahrzeug, in dem der Mann saß, befanden sich wie in den Büroräumen Monitore und Überwachungstechnik. Sie hatten es drei Straßen entfernt geparkt, in einer Lagerhalle, deren versoffenem Besitzer sie dafür fünfzig Dollar am Tag zahlten. Die Reichweite der eingesetzten Kamera reichte nicht bis zur Empfangsstation in den Büroräumen, weshalb sie das Wohnmobil einsetzten. Die Bild- und Tonaufnahmen wurden alle fünfzehn Minuten auf eine Cloud geladen, sodass der Mann und Kris Chan die Möglichkeit hatten, zeitversetzt von überall die Aufnahmen zu sichten.

Lozen Graham und der Besucher umarmten sich herzlich. Kris Chan hatte auf dem Dach des Hauses gegenüber eine versteckte Kamera angebracht, die den Eingangsbereich filmte. Sie hatte dem Mann gesagt, dass sie die Außenüberwachung des Hauses für überflüssig hielt, er hatte jedoch darauf bestanden.

Der Besucher zeigte auf die Fassade, das Gras vor dem Haus und den Briefkasten. Offenbar machte er sie auf die abblätternde Farbe, den Rasen, der gemäht, und den Briefkasten, der geleert werden musste, aufmerksam. Lozen Graham zuckte mit den Schultern. „Der Kleine ist niedlich", sagte Kris Chan.

„Wenn du meinst."

„Lover oder Freund, was denkst du?", fragte Kris Chan.

„Hm."

Der Mann schaute auf den Monitor und sah, wie Lozen Graham und ihr Besuch lachend das Haus betraten.

„Freund", sagte er.

„Willst du wetten?"

„Eine Flasche Wein."

„Deal."

Das Liebesleben der Zielperson war trostlos. Der Mann hatte beobachtet, wie sie betrunken einen Typen aus einer Bar abgeschleppt und mit ihm in ein billiges Motel gefahren war, das sie allein eine halbe Stunde später verlassen hatte. Laut dem Auftraggeber hatte sie eine Affäre mit einem John Petracci, einem über sechzigjährigen Witwer und General. Den hatte er bisher nicht zu Gesicht bekommen.

Lozen Graham schaltete das Licht an. Die Aufnahmen der Wohnzimmerkamera, die der Mann sah, besaßen eine gute Qualität. Der Besucher stellte den Rucksack ab, warf sich aufs Sofa, vor dem ein flacher Holztisch stand, zog die schwarz-grüne Softshelljacke aus, nahm die Fernbedienung und schaltete den Flat-Screen-Fernseher an.

„Geh auf Classic", sagte sie.

Er ging auf die App und startete einen alten Schwarz-Weiß-Film. Die Zielperson schaute bevorzugt Klassiker.

„Du stehst auf den alten Stoff", sagte er.

„Absolut."

Lozen Graham liebte Kino – und das Wort ‚absolut', das sie oft benutzte.

Sie ging in die Küche, die durch eine Theke vom Wohnbereich getrennt war, nahm eine Weißweinflasche aus dem Kühlschrank, holte zwei Gläser und setzte sich neben den Besucher, der begann, einen Joint zu drehen.

„Was bringt dich nach D.C.?", fragte Lozen Graham und schenkte ein.

„Ich wollte dich wiedersehen."

„Haben sie dir endlich die widerliche Homosexualität ausgetrieben?"

„Leider nicht. Der Priester, der es versucht hat, ist mit mir ins Bett gestiegen. Mein Charme ist stärker als Jesus."

„Kirchenleute sind nicht mehr das, was sie mal waren."

Kris Chan lachte.

„Du schuldest mir eine Flasche", sagte der Mann grinsend.

Lozen Graham und ihr Gast prosteten sich zu und hielten Smalltalk. Die Zielperson besaß nicht viele Freunde. Sie telefonierte ab und zu mit einem Eike Wolfen. Der Mann hatte ihn recherchiert. Ein ehemaliger Ermittler der Berliner Mordkommission, der als Deputy Sheriff in Homer City, in Chayton County, arbeitete. Der Bezirk gehörte zum Bundesstaat South Dakota und lag am Rande der Black Hills, zwischen Butte und Lawrence County, an der Grenze zum Nachbarstaat Wyoming. Die Zielperson war in den vergangenen Jahren mehrfach in dem Bezirk gewesen. Der deutsche Deputy war wegen einer Frau in den Wilden Westen gezogen. Die war mittlerweile tot. Bei einem Anschlag war dieser Eike Wolfen fast getötet worden. Hatte eine

Entziehungskur auf dem Buckel. Er wäre der perfekte Partner für die Zielperson, dachte der Mann.

„Und, Johnnie? Immer noch pleite und drogenabhängig?", fragte Lozen Graham.

„Absolut."

Er zündete den Joint an, nahm drei Züge und reichte ihn Lozen.

„Das Gästezimmer ist oben, gleich rechts", sagte sie.

„Ich weiß. Das Bett ist sehr bequem. Ich habe ein Nickerchen gemacht."

Er grinste.

„Tatsächlich?"

„Dein Haus ist schlecht gesichert. Das Schloss der Hintertür ist ein Witz."

„Tatsächlich?"

Interessant, dachte der Mann, offenbar war dieser Johnnie eingebrochen und hatte sich umgesehen und die Zielperson schien das nicht zu ärgern. Was für eine seltsame Beziehung war das denn?

„Überprüf bitte ihren Gast", sagte er.

„Mach ich, Boss."

Kurz darauf ging Kris Chan. Der Mann blieb. Er lernte gerne den Alltag einer Zielperson kennen, denn je besser er sie einschätzen konnte, desto präziser konnte er deren Handlungsweisen voraussagen, und das war im Ernstfall matchentscheidend. Deshalb erlebte er mit, wie Lozen Graham und ihr Gast rauchten, kifften, tranken und über belanglose Dinge quatschten wie die beliebte Science-Fiction-Serie ‚Star City' und über einen der Hauptdarsteller, Scott Keener, der ältere Bruder von Hollywoodstar Kevin Keener. Der Mann mochte die Serie, die von den Bewohnern einer riesigen Stadt erzählte, die durch den Weltraum schwebte.

Gegen elf stand Lozen Graham bekifft und betrunken in ihrem Schlafzimmer und zog sich bis auf die Unterwäsche aus. Auf ihren linken Oberarm war ein Adlerflügel tätowiert. Von ihrer Achselhöhle bis zum Hüftknochen zog sich der Schriftzug ‚Apache Nation'. Nach wie vor ein schönes Tattoo, dachte der Mann, der in jedem Zimmer eine Kamera versteckt hatte. Lozen Graham band ihre Haare zu einem Zopf, nahm das Smartphone vom Nachttisch und ging ins

Badezimmer, wo sie sich zuvor ein Schaumbad eingelassen hatte. Sie zog sich aus und legte sich in die Wanne. Am Kopfende lagen ein Joint und ein Feuerzeug. Sie stellte auf dem Smartphone einen Radiosender ein. Sie hörte immer denselben. Er hieß Pahá Sápa. Der Mann hatte nachgeschaut. Es war eine regionale Station in Chayton County, die von einer Gruppe Sioux betrieben wurde. Lozen Graham zündete den Joint an, nahm ein paar Züge und aschte in die Kloschüssel, die direkt neben der Wanne stand.

Es klopfe an der Tür.
„Komm rein", sagte Lozen Graham und richtete sich auf.
Johnnie öffnete die Tür und musterte sie.
„Du siehst umwerfend aus."
„Danke."
„Da sind einige Narben."
„Gehört zum Job."
„Auf deinem Klassikkanal läuft gleich ‚Happy Ghost III'."
„Ist das nicht ein Frühwerk deines Namensvetters?"
„Hey, dein Deutscher hat dir viel beigebracht."

Der Besucher schien viel über die Zielperson zu wissen. Sie war mit einem deutschen Kulturblogger namens Arvist Bunger zusammen gewesen. Sie telefonierten unregelmäßig.

„Ich brauche Arvist nicht."

Johnnie setzte sich auf den Wannenrand.

„Dafür brauchst du einen schwulen Untermieter."

„Wow, wie schnell du vom Gast zum Untermieter geworden bist."

„Erwarte nur keine pünktliche Zahlung der Miete."

Der Mann lächelte. Die zwei waren ein lustiges Pärchen. Er gab Happy Ghost III in die Suchmaschine ein. Der chinesische Regisseur des Films hieß Johnnie To.

Es reichte dem Mann. Er stand auf, verließ das Wohnmobil, schloss die Tür ab und nickte dem Besitzer der Lagerhalle zu, der sich mit einem Kumpel betrank, während sie sich irgendetwas auf einem mit Aufklebern bedeckten Laptop anschauten, der vor ihnen auf einem Klapptisch stand. Der Mann ging zum Wagen, den er auch in der Lagerhalle geparkt hatte, stieg ein und fuhr in die Stadt. Ein klarer Nachthimmel. Kein Verkehr. Er gab Gas. Im Radio lief ein Metal-Stück. Der Sänger erkundigte sich, ob man sehe, dass er die Regeln breche. Der Mann fuhr an einer Straße vorbei. Er sah Feuer. Autos brannten. Er hielt an.

6.

Maskierte Menschen zerschlugen das Schaufenster eines Supermarktes und verprügelten zwei Typen. Einem gelang es, aufzuspringen und wegzulaufen. Er kam nicht weit. Ein Maskierter schlug ihn mit einem Axtstiel zu Boden.

Die Masken sahen aus, als wären sie aus Holz. Sie hatten verschiedene Formen und Farben, glichen sich in den großen schwarzen Augen und gaben den Trägern etwas Unheimliches und Monsterhaftes. Der Mann kannte die Masken aus den Nachrichten. Die Träger bezeichneten sich als ‚Die Horde'. Vor ein paar Monaten hatten sie das erste Mal einen Straßenzug verwüstet und dabei acht Menschen verletzt. Seitdem waren sie immer wieder aufgetaucht, immer in einem anderen Teil der Stadt, immer verschwanden sie schnell wieder und konnten nicht gefasst werden.

Eine kräftige Frau, deren Maske zwei Hörner besaß, warf einen Molotowcocktail in den Supermarkt. Die Mitglieder der Horde schrien vor Begeisterung. Es war völlig unklar, was die Gruppe wollte. Auch auf dem LukOut-Account der Horde, dem derzeit hippsten Social-Media-Kanal, fanden sich keine Hinweise. Ohne Kommentar wurden Videos der Zerstörung gezeigt.

Ein Mitglied der Horde bemerkte den Mann im Wagen und rief die anderen zusammen. Sie versammelten sich, sahen zu ihm rüber. Mit ihren großen schwarzen Augen. Sie waren wirklich unheimlich. Langsam ging die Gruppe auf den Mann zu. Zehn maskierte Männer und Frauen, bewaffnet mit Baselballschlägern, Eisenstangen, Axtstielen und Tasern. Hintern ihnen breitete sich das Feuer aus.

Der Mann griff an seine Glock 22. Siebzehn Kugeln im Magazin. Wahrscheinlich reichten drei Schüsse und die Horde würde sich auflösen. Vielleicht aber auch nicht. Es spielte auch keine Rolle. Er war nicht auf Ärger aus und gab Gas. Die Horde lief hinter ihm her. Einer warf einen Molotowcocktail, der auf der Straße zerplatzte und den Asphalt in Brand setzte. Der Mann drückte das Gaspedal weiter durch. Schnell ließ er die Horde hinter sich.

7.

„Irgendwelche Vorkommnisse?", fragte der Mann, als er am Vormittag das Büro zwei Stockwerke über dem von Graham Security betrat. Auf den Monitoren waren die Zielperson und Nick Davout zu sehen. Sie erledigten Schreibtischarbeit. Kris Chan machte eine bestätigende Geste mit dem Kopf und startete eine Videodatei: Lena Dixon und Nick Davout saßen in Lozen Grahams altmodisch-eingerichteten Büro, mit dunklem Holz an den Wänden, einem massiven Schreibtisch, dunkelgrünen Chesterfield-Ledersesseln, einem passenden Sofa und Western-Landschaften von Albert Bierstadt. Der Mann wusste, dass der Vormieter es so hinterlassen hatte und es der Zielperson gefiel, weshalb sie die Einrichtung nicht verändert hatte.

„Das kann nicht sein", sagte Lena Dixon.

„Es besteht kein Zweifel, dass Ihr Computer und das Netzwerk ihrer Kampagne gehackt wurden", sagte Nick Davout.

„Akzeptieren Sie es", sagte Lozen Graham, die hinter dem Schreibtisch saß.

„Die Frage ist, wie es den Angreifern gelungen ist, in Ihr System einzudringen. Haben Sie eine Idee?", fragte Nick Davout mit emotionsloser Stimme.

Lena Dixon sah ihn grimmig an.

„Natürlich nicht."

„Es gab keine besonderen Ereignisse? Niemand hat sich nach Ihrem E-Mail-Zugang erkundigt oder Ähnliches?"

Lena Dixon atmete durch und fuhr sich durchs Haar.

„Also?"

„Vor einigen Wochen bekam ich von meinem Provider eine E-Mail. Ich wurde darauf aufmerksam gemacht, dass jemand versucht habe, sich in meinen Account einzuloggen und dass es sich dabei um eine IP-Adresse aus der Ukraine handle. Der Provider behauptete, den Versuch unterbunden zu haben und forderte mich auf, mein Passwort zu ändern."

„Sie haben es geändert?", fragte Lozen Graham.

„Es gab einen Link in der E-Mail."

„Und Sie haben, ohne einen ITler Ihrer Kampagne um Rat zu fragen, der Aufforderung entsprochen", sagte Nick Davout.

„Ja. Es gab keinen Grund, misstrauisch zu sein."

„Es gab jeden Grund, misstrauisch zu sein."

„Ich verstehe nicht."

„Die Mail kam nicht von Ihrem Provider. Indem Sie den Link angeklickt haben, haben Sie Spyware, Trojaner und andere Maleware auf Ihren Rechner geladen."

„Oh, mein Gott."

„Von Ihrem Account haben Sie E-Mails ans Wahlkampfteam geschickt?"

„Ja, sicher."

„Sehen Sie, über Sie sind die Hacker ins Netzwerk der Kampagne eingedrungen."

Lena Dixon rieb sich das Gesicht. Es war offensichtlich, dass sie schockiert war. Der Mann musste sich eingestehen, dass er wahrscheinlich nicht anders als die Wahlkampfmanagerin gehandelt hätte.

„Haben Sie die besagte E-Mail noch, Ms. Dixon?", fragte Nick Davout.

„Muss ich nachschauen."

„Wenn ja, bitte ich Sie, sie mir zu schicken."

„Mache ich. Gibt es Hinweise auf die Identität der Hacker?"

„Zu diesem Zeitpunkt nicht."

Die Wahlkampfmanagerin atmete durch. Sie fuhr sich erneut durch die Haare.

„Wieso haben Sie eigentlich ungefragt meinen Computer untersucht? Graham Security ist mit dem Personenschutz des Kandidaten beauftragt, mehr nicht", sagte sie.

„Das gehört zum Personenschutz. Wiederholt auftretende Störungen bei Wahlkampfveranstaltungen lassen eine Strategie vermuten und es ist naheliegend, dass die Gegenpartei versucht, die Computer zu hacken. Und ein gehackter Rechner bedeutet ein Sicherheitsrisiko."

„Warum haben Sie ausgerechnet mich gefragt, ob mir etwas aufgefallen ist? Die Täter hätten über jedes Mitglied unseres Teams eindringen können."

„Nur Sie benutzen Ihren privaten Account für Wahlkampfbelange. Deshalb war es wahrscheinlich, dass der Übergriff bei Ihnen begonnen hat."

Die Wahlkampfmanagerin fuhr sich zum dritten Mal durchs Haar.

„Ich gehe davon aus, dass private Inhalte privat bleiben", sagte sie.

„Von unserer Seite sicher."

„Gibt es denn E-Mails, deren Inhalt Ihnen oder dem Kandidaten schaden könnten?", fragte Lozen Graham.

„Nein. Natürlich nicht."

Das kam zu schnell, sie lügt, dachte der Mann.

„Haben Sie den Kandidaten gefragt, ob das auch für ihn gilt?"

„Er ist über jeden Zweifel erhaben."

Das kam wieder zu schnell.

„Sie müssen damit rechnen, dass die Täter an die Öffentlichkeit treten."

Offenbar glaubte Lozen Graham ihr auch nicht.

Lena Dixon stand auf.

„Ich erwarte, dass Sie alles unternehmen, um die Täter zu finden."

„Sicher", sagte Lozen.

„Wie gehen wir weiter vor?"

„Sie werden weiterhin E-Mails über Ihren Account schicken. Das gilt für jeden im Netzwerk. Parallel dazu eröffnen wir neue, über die Sie die vertraulichen Nachrichten schicken", sagte Nick Davout.

„Sie sollten bei der Polizei Anzeige erstatten", sagte Lozen Graham.

„Auf keinen Fall. Dann wird der Fall unter Umständen publik, und wie stehen wir dann da? Wir wollen die USA zu einem sicheren Ort machen und sind nicht in der Lage, uns selbst zu schützen. Ganz schlecht."

„Wie gesagt: Sie müssen damit rechnen, dass E-Mails veröffentlicht werden."

„Es gibt in den E-Mails nichts, was Schaden anrichten könnte. Wenn welche an die Öffentlichkeit geraten sollten, werden wir reagieren."

„Ich würde gerne bei den Wahlkampfmanagern der anderen Kandidaten anrufen und mich erkundigen, ob sie mit ähnlichen Problemen zu kämpfen haben."

„Nein. Das würden die gegen uns einsetzen."
Kris Chan stoppte die Aufnahme.

„Graham hat trotzdem angerufen, oder?", fragte der Mann.
Sie nickte.
„Sie hat bei den Pressestellen angerufen, sich als Journalistin ausgegeben und behauptet, sie hätte gehört, die Kampagne hätte mit Provokateuren und Hackern zu kämpfen. Bei Stacey und zwei anderen wurden ihr die Provokateure bestätigt, mit dem Vermerk, dass sie durch Personenkontrollen bei den Wahlkampfveranstaltungen das Problem mit den Provokateuren in den Griff bekommen hatten. Krafts Leute haben ihr keine Informationen gegeben. Außerdem hat sie beim Berater des Präsidenten angerufen."
„Bei Harvey Farossi?", fragte er.
Sie nickte.
„Graham besitzt seine Handynummer und sie duzen sich."
„Wow."

Der Mann kannte Harvey Farossi. Er war ein mächtiger Mann in Washington D.C., von dem behauptet wurde, er habe über jeden im Kongress und im Weißen Haus eine Akte. Der Mann beschloss, den Namen nicht im täglichen Bericht an seinen Auftraggeber zu erwähnen.

„Was hat er gesagt?"

„Alles in Ordnung beim Präsidenten."

„Glaubst du das?"

Kris Chan zuckte mit den Schultern.

„Wenn jemand den Präsidenten angeht, würde Farossi das FBI oder einen anderen Geheimdienst darauf ansetzen, oder?"

Sie nickte und wollte vom Mann wissen, was er vom Verhalten der Wahlkampfmanagerin hielt.

„Ich glaube, sie pokert. Es gibt E-Mails, die ihr Schaden könnten, und sie setzt darauf, dass die Diebe sie übersehen. Und sie könnte damit durchkommen. Das E-Mail-Aufkommen dürfte enorm sein."

8.

Jemand klopfte dem Mann auf die Schulter.

„Alles klar bei dir, Habibi?", sagte eine Männerstimme.

Der Mann drehte sich um. Er saß an einer Hotelbar. Wie im Rest des Gebäudes bestanden die Wände aus dunkelgrauem Stein, von denen sich ein dekoratives Holzgitter über die Decke zog. Die Theke war goldbraun, was zur sanften Beleuchtung passte. Der Bodenbelag bestand aus dunklen Holzdielen.

„Hey", sagte der Mann.

Der andere hieß Joko Uwais, ein schlanker Indonesier um die fünfzig, der einen schwarzen Anzug trug. Die Männer umarmten sich.

„Du siehst müde aus, Habibi", sagte Joko Uwais zum Mann.

Die beiden hatten vor Jahren in Berlin für einen arabischen Clan-Boss gearbeitet, der das Wort

‚Habibi' im Sinne von ‚Freund' benutzte, was sie übernommen hatten.

„Ein langweiliger Tag."

„Das sind die schlimmsten. Wenn nichts passiert."

Nichts passiert, umschrieb es nicht richtig. Es war nichts geschehen, was spannend gewesen wäre, anzuschauen. Rowan McIntire hatte Sicherheitsvorbereitungen für eine kommende Wahlkampfveranstaltung getroffen. Nachdem Lozen Graham und Karen Seymour am Vormittag den Kandidaten zu einem PR-Termin in einem Krankenhaus für Veteranen begleitet hatten, waren sie ins Büro zurückgekehrt. Nick Davout hatte den Schreibtisch nicht verlassen und im Cyberspace die Hacker gejagt. Nicht nur, indem er nach Spyware, Trojanern und anderen feindlichen Programmen gesucht hatte. Offenbar besaß er verschiedene Identitäten auf den sozialen Netzwerken und in den Internetforen, die er für unterschiedliche Dinge benutzte. In diesem Fall hatte er einen LonleyLobo01 eingesetzt, der sich bei geschlossenen und offenen Gruppen von Hackern und Computerspezialisten umhörte. So hatte Nick Davout es der Zielperson erklärt. Der Mann reduzierte das Vorgehen im Bericht an seinen Auftraggeber auf die Aussage, dass Nick Davout die Hacker suchen würde.

Das Highlight des Tages war für den Mann Johnnie To gewesen, der am Nachmittag völlig zugedröhnt aufgetaucht war und im Empfangsbereich von Graham Security getanzt hatte. Lozen Graham hatte ihn nach Hause fahren müssen.

„Und? Läuft das ‚Belhaven'?", fragte der Mann.
Belhaven war der Name des Hotels.
„Es läuft sehr gut. Wir haben gute Ratings auf den verschiedenen Booking-Pages."
„Schön."
Das Interesse des Mannes kam nicht von ungefähr. Vor zehn Jahren war das Hotel ein leer stehendes, sanierungsbedürftiges Apartmentgebäude gewesen, gebaut in den 1930ern, Stahlskelettbauweise, neun Stockwerke hoch, düster, schwer, unheimlich. Im Web gab es Artikel über Geistersichtungen in den Fluren, die bis heute Neugierige anlockten. Der Mann und Joko Uwais waren die Eigentümer. Und auch

wenn die Mehrzahl der Gäste Touristen und Geschäftsreisende waren, am Herzen lag ihnen etwas anderes.

„Der sichere Bereich läuft auch?"

„Ja, sicher."

Getrieben vom Traum, einen Hafen zu haben, in dem Differenzen der Schattenwelt nicht zählten, in dem jedem Sicherheit gewährt wurde, hatten sie das Gebäude gekauft und umgebaut. Das Darlehen, das der Mann dafür bei einem Kredithai aufnehmen musste, zahlte er immer noch ab. Sicherer Bereich hieß: Es gab einen speziellen Service. Um den in Anspruch zu nehmen, brauchte man eine E-Mail-Adresse. Nach der Buchung schickte man eine Nachricht ans Hotel und bestellte das ‚Haven Special'. Daraufhin bekam der Gast eine codierte E-Mail, in der er wie in einer Kaffeehauskette zwischen ‚Large', ‚Medium' und ‚Small' wählen konnte und dafür einen stattlichen Aufpreis zahlte. Das Sicherheitspaket ‚Large' beinhaltete Videoüberwachung, akustische Überwachung, Lichtschranken im Eingangsbereich des Zimmers, eine gepanzerte Tür mit Sicherheitsschloss und einen Alarmknopf. Bei ‚Small' reduzierte sich das Angebot auf die Tür und den Knopf. Das Personal des Belhaven bestand zum Teil aus ausgebildeten Personenschützern. Bis auf einen Fall hatte das System funktioniert. Der Mann hatte dem Privatdetektiv, der ein Zimmer verwanzen wollte, persönlich eine Kugel in den Kopf geschossen.

„Wollen wir nach oben?", fragte Joko Uwais. Er wohnte ständig in dem Hotel und hatte dafür gesorgt, dass die Namen der Inhaber nirgendwo erschienen. Wer auf der Website des Hotels herausfinden wollte, wem das Belhaven gehörte, landete bei der Adresse einer Briefkastenfirma in Jakarta, die nur postalisch oder per E-Mail zu erreichen war. Solche Dinge waren für Joko Uwais Alltag. Sein Geld machte er mit Cyberverbrechen.
„Klar", sagte der Mann.
Sie gingen zum Fahrstuhl, in den sie einstiegen. Seit ihm in Singapur die Schläger mit Messern im Aufzug aufgelauert hatten, hatte der Mann ein ungutes Gefühl, wenn er einen betrat. Wenig Raum. Keine Chance zur Flucht. Wenn möglich, nahm er die Treppen.

Als sie im obersten Stockwerk aus der Kabine traten, kamen sie in eine Welt aus rotem und dunkelorangem Licht. Das illuminierte die Wände und flackerte an der Decke wie Flammen eines Feuers. Die Tanzfläche war gut gefüllt. Auf der Bühne mit einem Dutzend Leuchtröhren im Hintergrund stand eine Rapperin und verlangte nach getönten Scheiben für ihr Auto. Über der Bühne stand der Name des Clubs: ‚Plex'. Ein angesagter Musikclub und ein Herzensprojekt vom Mann und von Joko Uwais, der als junger Kerl unter dem Namen 6Pac ein erfolgreicher Rapper in Singapur gewesen war. Sie gingen eine geschwungene Treppe nach oben, die in ein quadratisches Glashaus auf dem Dach führte, in dem sich eine Bar mit einer U-förmigen Theke befand, hinter der eine Frau und ein Mann arbeiteten.

„Die Künstler, die wir kriegen, sind nach wie vor gut."

„Cool."

Joko Uwais winkte der Barkeeperin, eine junge groß gewachsene Frau mit roten Haaren, die in einem dunkelgrünen anzugähnlichen Teil steckte.

„Einen Zweigelt für meinen Freund und eine Cola für mich", sagte er.

„Gerne", sagte sie und ging zum Schrank am anderen Ende der Bar, in dem der Wein stand.

„Ist sie neu, Habibi?", fragte der Mann.

„Sie vertreibt sich hier die Zeit. Wenn du Verstärkung brauchst, wäre sie eine Option."

„Beobachten oder eingreifen?"

„Eingreifen."

„Okay. Gut zu wissen."

Die Rapperin begann einen neuen Song. Sie erklärte jemandem, dass er alles haben wolle, es jedoch nicht bekomme. Tiefgründig, dachte der Mann.

9.

Kris Chan rief an. Der Mann entschuldigte sich bei Joko Uwais, verließ das Glashaus und ging nach draußen aufs Dach. Im Sommer und Herbst ein schöner Platz, im Winter windig und ungemütlich. Es gab ein paar Stühle, auf denen Decken lagen. Für Raucher. Der Mann stellte sich an die Brüstung und schaute hinunter auf die Straße, auf der viel Verkehr herrschte. Rechts sah er einen der gruseligen Gargoyles, die es an dem Gebäude gab. Es war noch angenehm warm.

„Was gibt's?"

„Diese Slackers haben sich gemeldet und ein Foto an Davout geschickt. Dieser Risso hat sich auf einem Parkplatz mit einem Typen getroffen."

„Wie aufregend."

„Für Davout schon. Er hat den Typen erkannt und wusste, dass der für einen Kerl namens Henry Krowbar, Spitzname ‚Tricky Dick', arbeitet."

„Es wird immer aufregender."

„Also sagt dir der Name nichts?"

„Nope. Noch nie gehört."

„Davout scheint Respekt vor ihm zu haben."

„Interessant."

„Graham hat die Slackers von Risso abgezogen und zu ihm geschickt."

„Naheliegend."

„Und sie ist diesem Tricky mal begegnet."

„Tatsächlich?"

„Ja. Ich schick dir ein Video. Ist lustig."

„Danke."

„Dieser Tricky klingt nicht nach Routine."

„Wenn man uns engagiert, hat es selten was mit Routine zu tun."

„Wenn man uns engagiert, hat es nie etwas mit Präsidentschaftswahlkämpfen zu tun."

„Schauen wir, wie unsere Zielperson mit der neuen Situation umgeht."

„Auch wenn sie zu viel säuft und raucht, sie ist eine toughe Bitch. Aber dieser Davout ist unheimlich."

„Bleib cool."

Er beendet das Gespräch, holte die Kopfhörer aus der Hosentasche, steckte sie ins Ohr, öffnete den E-Mail-

Account auf dem Smartphone, sah die E-Mail eines Filehostingdienstes, die seine Mitarbeiterin geschickt hatte, initiierte den Download und startete anschließend die Videodatei: Lozen Graham im Büro von Nick Davout.

„Bist du ihm mal begegnet, Nick?"

„Nein. Du?"

„Einmal. Auf einer Party. Ist ein geiler Greis."

„Er hat dich angegraben?"

„Angegraben? Die Mühe hat er sich nicht gemacht. Er hat Geld geboten. 1.000 Dollar für die Nacht."

Der Mann lachte. Dieser Tricky Dick war offensichtlich ein dreckiges altes Schwein. Eine Ambulanz jagte über die Straße. Der Mann atmete durch und ging zurück ins Plex.

„Stress, Habibi?", fragte Joko Uwais.

„Rätsel."

„Lösbar?"

„Keine Ahnung."

„Ist es ein guter Auftrag?"

„Das weiß man immer erst, wenn es vorbei ist."

10.

Im Prinzip funktionierte die Firma des Mannes durch Mundpropaganda. Zufriedene Kunden gaben den Namen weiter. Über eine Website und verschiedene Social-Media-Accounts, alle unter dem Namen ‚Halberd‘, konnte man Kontakt aufnehmen. In diesem Fall hatte sich ein Dave Ormston gemeldet. Schrieb von einem kurzfristigen, aber lukrativen Auftrag. Es hatte ein Treffen in einer Shopping Mall in Los Angeles gegeben, weil sich der Mann gerade in Kalifornien aufgehalten hatte. Dave Ormston war Ende dreißig, ein Engländer, der wach und wachsam wirkte. Sagte, er arbeite für einen Auftraggeber, dessen Namen er nicht nennen könne und der natürlich jede Kenntnis von diesem Treffen und dem sich daraus möglicherweise ergebenden Auftrag leugnen würde. Dave Ormston sprach viel. Über Politik. Über Verantwortung. Über Patriotismus. Über Demokratie. Der Mann war gelangweilt. Nicht seine Art von Job. Wenn man ihn anheuerte, gab es am

Ende oft Gewalt. Legal, illegal waren Begriffe ohne Bedeutung. Aufträge, die was mit Politik zu tun hatten, nahm er nicht an. Einmal hatte er aus falschem Ehrgeiz für eine Senatorin gearbeitet. Hatte schlimme Folgen gehabt. Der Mann wollte das Angebot des Engländers ablehnen. Dann zeigte ihm Dave Ormston ein Foto von Lozen Graham. Das änderte alles.

Ob es sich um eine reine Überwachung handeln würde, denn dafür würde man ihn selten anheuern, hatte der Mann wissen wollen. Dave Ormston hatte mit der Schulter gezuckt und gesagt, man werde sehen. Der Mann hatte eine weitere Frage gehabt. Er hatte wissen wollen, warum er die Sicherheitschefin und nicht den Kandidaten überwachen sollte. Lozen Graham wäre jemand, die gerne Leuten in die Quere kommen würde, es würde sich um eine präventive Maßnahme handeln, hatte der Engländer erklärt. Mehr als deutlich, dass er dem Mann was verheimlicht hatte, aber das war in seinem Geschäft üblich. Man kannte nie die ganze Geschichte. Für den Mann galt die Regel: Je weniger er wusste, desto höher der Preis. Der Engländer hatte die Forderung des Mannes ohne zu zögern akzeptiert. Nachdem sie sich über das Gehalt geeinigt hatten, gab es ein Briefing über Lozen Graham. Der Mann hatte gemerkt, dass der Engländer sie respektierte, vielleicht sogar fürchtete. Am Ende hatte Dave Ormston um einen täglichen Bericht gebeten. Per E-Mail. An eine täglich wechselnde Adresse, die er ihm zukommen ließ.

11.

„Lange nichts von dir gehört. Schön, dass du anrufst."
Harvey Farossi konnte unerträglich herzlich sein, obwohl er kein herzlicher Mensch war. Der Mann hatte ihn angerufen, weil er niemanden kannte, der sich besser in der Hauptstadt auskannte.
„Harv, es ist erstaunlich, dass du mit deiner Masche so weit gekommen bist."
„Wenn du anrufst, bist du im schönen District of Columbia."
„Genau."
„Wegen der Parade zu Halloween, nehme ich an."
„Warum sonst? Ich schnitze schon an den Kürbissen rum."
„Geht's dir gut?"
„Jup. Und selbst? Wie arbeitet es sich im Weißen Haus?"
Sie hatten sich seit über vier Jahren nicht gesprochen.
„Wie in jedem anderen Büro. Nur mehr Sicherheitspersonal."

„Verstehe."

„Was kann ich für dich tun?"

„Kennt du einen Henry Krowbar?"

„Tricky Dick?"

„Jup."

„Arbeitest du für oder gegen ihn?"

„Weder noch. Sein Name taucht bei einer Überwachung auf."

„Du machst jetzt Überwachungsjobs in Washington?"

„Eine Ausnahme."

„Wie kommt's?"

„Gutes Geld. Geringes Risiko."

„Klingt nicht nach dir."

„Tricky Dick."

„Bad News."

„Wieso?"

„Ein Wühler, ein Stratege, Manipulator und Fallensteller. Ist Ende siebzig, aber bisher haben ihn weder Alterskrebs noch Demenz in den Ruhestand gezwungen."

„Was du bedauerst."

Harvey Farossi lachte.

„Kann der Alte was?"

„Lange im Geschäft. Seit Mitte der 1970er hat er eine Anwaltskanzlei in Washington. Er schmiedete Strategien und Intrigen für Politiker, die sich ihn leisten konnten. Er hat ein fähiges Team aus Schlägern, Detektiven, Informatikern und Juristen. Er wühlte im Schmutz und produzierte ihn. Er hat Freunde in den höchsten Kreisen."

„Hast du mit ihm zu tun gehabt?"

„Ja, habe ich."

„Wie ist es ausgegangen?"

„Kein Kommentar."

Diesmal lachte der Mann.

„Du solltest eines wissen: Krowbar und seinen Auftraggebern geht man aus dem Weg."

„Keine Angst, ich bin es nicht, der sich mit ihm rumschlagen muss."

„Krowbar schlägt sich nicht, er massakriert."

„Aha."

„Hat mich gefreut, mit dir zu plaudern."

Der Mann holte die Lesebrille aus der Innentasche der Lederjacke, setzte sie auf und gab den Namen Henry Krowbar in die Suchmaschine ein. Wenn

Schwergewichte wie Harvey Farossi und Nick Davout vor dem Alten Respekt hatten, sollte man sein Gesicht kennen. Er rief die Fotos auf. Es gab nur wenige. Was sie zeigten, beeindruckte ihn nicht: Ein übergewichtiger Greis am Stock, mit faltigem Gesicht, Tränensäcken, schmalen Lippen und einem Doppelkinn. Nichts an ihm sah gefährlich aus, aber echte Gefahr war selten sichtbar.

12.

Johnnie To taumelte beschwingt in den Eingangsbereich von Graham Security. Ein großer Auftritt, denn Lozen Graham und ihr Team standen dort, weil sie gemeinsam zu Abend essen gehen wollten. Endlich passiert etwas, dachte der Mann, der vor den Monitoren saß und sich durch den Tag gelangweilt hatte.

„Hier arbeitest du also?", fragte Johnnie To, der nuschelte.

„Ja. Und du warst schon mal hier."

„Echt?"

„Jup."

„Da war ich wohl etwas abwesend."

„Absolut."

Johnnie To schaute sich um.

„Spießiger, als ich erwartet habe."

„Sicherheit ist ein konservatives Geschäft, aber das habe ich dir beim letzten Mal auch schon gesagt."

„Der schwarze Anzug steht dir."

„Danke."

Sie lächelte.

„Wir gehen was essen. Willst du mitkommen?"

„Klar. Ist die schwarze Amazone auch dabei?"

„Ja, bin ich", sagte Karen Seymour grinsend.

„Er hat dich schwarze Amazone genannt", sagte Rowan McIntire.

„Wenn wir das sagen würden, wären wir tot", sagte Bedford Balu Brummel, der Finanzexperte der Firma. Abgesehen vom exzentrischen Nick Davout funktionierte die Gruppe, dachte der Mann. Sie waren nicht unbedingt Freunde, aber dicht dran.

„Leute, das ist Johnnie, ein Freund", sagte Lozen.

„Die Betonung liegt auf ,ein Freund'", sagte Karen Seymour.

„Lozen hat ja so ein Pech mit den Männern", sagte Johnnie To.

Lozen Graham verdrehte die Augen und Karen Seymour lachte.

Kris Chan hatte dem Mann Informationen zugeschickt. Johnnie To, er hieß tatsächlich wie der chinesische Regisseur, war dreiundzwanzig Jahre alt, geboren in San Francisco, wo er die meiste Zeit seines Lebens verbracht hatte. Vorstrafen wegen Drogenmissbrauchs und Einbruchs. Besaß einen Spitznamen: ‚Hombre Araña', der Spinnenmann. Lebte seit drei Jahren in Chayton County. Da hatte ihn wohl die Zielperson kennengelernt.

Als Lozen, ihr Team und Johnnie To das Büro verließen, klingelte das Smartphone des Mannes. Die Nummer war unterdrückt.
„Ja?"
„Sind Sie sicher, dass Ms. Graham Tricky Dick gesagt hat?"
Der Mann erkannte die Stimme. Sie gehörte Dave Ormston, der Engländer.
„Ja, sie hat den Namen benutzt."
Der Mann hatte im letzten Bericht nur den Spitznamen von Henry Krowbar erwähnt. War vielleicht eine Information zu viel gewesen.
„Wissen Sie, ob sie ihn überwachen lässt?"
Er hatte es nicht geschrieben.
„Ich weiß es nicht. Gesprochen haben sie nicht darüber. Ist dieser Tricky Dick wichtig?"

„Nein."

Eine offensichtliche Lüge. Der Mann fragte sich, wie schon einige Mal zuvor, seit er den Job angenommen hatte, wer sein Auftraggeber war. Es konnte nur jemand sein, der Joel Kraft, Marian Stacey oder Adam A. Kettle unterstützte. Letzteres würde bedeuten, das Harvey Farossi unter Umständen involviert war. Vielleicht war es ein Fehler gewesen, ihn anzurufen.

„Versuchen Sie herauszufinden, ob er überwacht wird."

„Wird erledigt."

Auch dieser Henry ‚Tricky Dick' Krowbar musste für einen der drei Kandidaten arbeiten, dachte der Mann.

„Ich glaube, es ist immer noch ein Fehler, die Computer von Ms. Graham nicht anzuzapfen."

„Ich habe es Ihnen erklärt: Nick Davout ist nicht ein Mann, in dessen Computersystem man illegal eindringt. Sehen Sie, wie er die Hacker bei der McKay-Kampagne entdeckt hat."

„Gutes Argument."

„Danke."

„Bleiben Sie dran", sagte Ormston und legte nach dieser überflüssigen Bemerkung auf. Der Mann ging ans Fenster und sah, wie Johnnie To mit dem Team ins ‚Coffys Noodles' ging, Lozen Grahams Stammlokal in der Nähe des Büros, so nah, dass der Mann den Eingang von seiner Position aus sehen konnte. Er hatte es besucht. Es fasste rund zwanzig Gäste und wurde von Selma Novarro betrieben, einer Mexikanerin mit der Vorliebe für Blaxploitation-Filme und asiatische Nudelsuppen. Sie war eine Freundin von Lozen Graham. Auf dem Bildschirm über der Kasse hing ein Röhrenfernseher, auf dem pausenlos die Shaft-Trilogie aus den 1970ern lief. Dem Mann hatte es gefallen. Wie die Zielperson mochte er Leinwandklassiker.

13.

Der Mann aß einen Salat mit Räuchertofu zu Mittag, als Kris Chan anrief. Er saß im Restaurant des Belhaven, das wie die Bar im Erdgeschoss von den dunkelgrauen Steinwänden und Holzgittern dominiert wurde und einem zu jeder Tageszeit das Gefühl gab, es wäre kurz vor Mitternacht. An runden Holztischen standen je zwei dunkelviolette und braune Stühle. Anders als in der Bar hingen im Holzgitter Rankenpflanzen. Und, weil Halloween kurz bevorstand, kletterten haarige Riesenspinnen darin herum.

„Ich schicke dir eine Datei", sagte Kris Chan.

„Okay."

Er holte Kopfhörer und Tablet aus dem Rucksack, setzte die Hörer auf und holte sich die Videodatei. Das Büro von Lozen Graham:

„Ich habe die Hacker identifiziert. Nennen sich ‚Minutemen21'", sagte Nick Davout.

„Patrioten?"

„Ja. Ich kenne sie aus CIA-Tagen. Arbeiten innerhalb der USA. Ihre Arbeitsweise lässt vermuten, dass es nicht viele Mitglieder gibt. Haben sich einen Namen gemacht, als sie sich Zugang zum Democratic National Committee verschafft haben."

Bei diesem Komitee handelte es sich um das nationale Organisationsgremium der Demokraten, das fürs Fundraising, für die Koordinierung der Wahlkampfstrategie und für die landesweite Darstellung der politischen Positionen der Partei verantwortlich war.

„Wie?"

„Ich habe seinerzeit Seiten gefunden, die ähnliche Domainnamen hatten."

„Sprich, die Zielperson landete unabsichtlich auf einer gefälschten Seite, loggte sich ein und Minutemen21 hatte das Passwort."

„Exakt."

„Woher weißt du, dass sie in diesem Fall die Finger im Spiel haben?"

„Die Art, wie sich der Zugriff verschafft wurde, entspricht ihrem Vorgehen. Ich habe auf den

Rechnern Spionagesoftware entdeckt, die sie in früheren Fällen benutzt haben."

„Wie wirst du weiter vorgehen?"

„Ich werde sie provozieren. LonleyLobo01 wird ihr Vorgehen und ihre Absichten im Netz diskreditieren."

„Mit dem Ziel, dass die Hacker oder Sympathisanten auf die Provokation reagieren."

„Genau."

Lozen rieb sich die linke Hand. Das tat sie, wenn sie nachdachte, hatte der Mann beobachtet.

„Gut. Ich informiere die Dixon und den Kandidaten", sagte sie.

14.

„Du trinkst immer noch so gierig wie eine fast Verdurstete", sagte Johnnie To.
„Und du machst dir nach wie vor Gedanken über meine Probleme", sagte Lozen Graham.
„Mach ich nicht. Wie du weißt, mag ich Frauen mit Schwächen."
Der Mann lächelte. Es war spät am Abend und er saß allein im Wohnmobil. Auf dem Monitor sah er, wie Lozen Graham und Johnnie To Whiskey auf dem Sofa tranken. Der Mann hatte die Lesebrille auf und beendete den Bericht an den Engländer, in dem er Minutemen21 nicht erwähnte.

Johnnie To drehte einen Joint, zündete ihn an und gab ihn Lozen.
„Du bist nicht gut für mich", sagte sie und nahm einen tiefen Zug.
„Apropos gut für dich: Sollten wir dein Haus nicht auf Vordermann bringen? Ist echt 'ne Ruine."

„Mir gefällt es, wie es ist."

Sie wechselten das Thema und begannen zu diskutieren, welchen Film sie sich anschauten sollten: Einen Episodenfilm über einen Dackel oder einen Film Noir über einen Detective, der sich in das Abbild einer Toten verliebt. Der Mann favorisierte letzteren.

Er verließ das Wohnmobil und fuhr zum Belhaven, stellte das Auto im Parkhaus gegenüber ab, überquerte die Straße, bewunderte, wie jeden Abend, die schwarzen Schinkelleuchten mit ihrem typischen sechseckigen Leuchtkörper, von denen eine Treppe zum bogenförmigen Eingang führte, über dem der Name des Hotels stand. Der Mann ging durch die Drehtür, durchquerte die lang gezogene Lobby, über der auch ein Holzgitter schwebte, stieg mit einer Gruppe bekiffter Teenager in den Fahrstuhl, fuhr hoch ins Plex, wo ein dicker weißer Rapper ironisch über Selbstmord im Zug philosophierte.

15.

„Du hast was gemacht?", fragte Lozen Graham Johnnie To, der müde und bleich aussah. Sie aß wie jeden Morgen ein Müsli zum Frühstück.
„Ich bin bei diesem alten Knacker eingebrochen."
„Wann?"
„Gestern, nachdem du ins Bett gegangen bist."
„Du warst voll."
„Nicht so voll."
Sie seufzte.
„Wozu bist du bei ihm rein?"
„Hey, du musst wissen, für wen er arbeitet."

Der Mann saß im Hotelzimmer an einem Schreibtisch aus dunklem Holz, auf dem eine schwarz-grüne Marmorplatte lag, und sichtete am Laptop Videoaufnahmen aus der Cloud.
„Bei Tricky Dick einzubrechen, war ein hohes Risiko", sagte Lozen.

„Das Risiko war okay. Miese Alarmanlage. Kein spezielles Glas in den Fenstern, kein Hauspersonal, keine Wachen."

Johnnie To hob einen Rucksack hoch, stellte ihn auf die Theke und holte einen Laptop und zwei Festplatten heraus.

„Ich nehme an, du hast noch andere Wertgegenstände mitgenommen?"

„Natürlich. Silberbesteck, ein Gemälde, ein Hörgerät und eine Baseball-Karten-Sammlung. Er wird es für einen normalen Einbruch halten."

„Du bist ein Idiot."

„Ich habe das für dich gemacht."

„Dann bist du ein romantischer Idiot."

Der Mann stoppte die Aufnahmen, warf sich aufs Doppelbett, von dem er aus dem Fenster sehen konnte, und schrieb Kris Chan eine Instant Message auf LukOut.

„Aufnahmen angeschaut."

„Der Spinnenmann scheint sein Geschäft zu verstehen."

„Sein Handeln war unverantwortlich."

„Trotzdem …"

„War was auf dem Laptop?"

„Die meisten Dateien sind codiert. Davout kommt nicht ran."

„Trotzdem Erkenntnisse?"

„Der Terminplan. Einige Einträge waren lesbar."

„Und?"

Es dauerte etwas, bis die Antwort kam.

„Tricky Dick fliegt morgen nach South Dakota. Eine Buchpräsentation. Graham hat einen Freund angerufen. Soll sich ranhängen."

16.

„Schon mal Golf gespielt?", fragte der Mann Kris Chan.

„Never. Nichts für mich. Was für Spießer und Reiche."

„Ist auch nicht meine Szene."

Sie schauten sich den Livestream der Buchpräsentation an, den der Verlag auf der firmeneigenen Seite und auf LukOut zeigte. Auf dem Überwachungsmonitor sahen sie, dass Lozen Graham und Nick Davout es ihnen gleich taten. Die Präsentation fand im Clubhaus des ‚Crumb Ranch Golf Course' statt. Zu Beginn des Streams hatte es Aufnahmen des einstöckigen Gebäudes aus Stein und dunklem Holz gegeben. Es hatte ein Spitzdach, lag idyllisch neben einem verschneiten Wäldchen unterhalb einer Anhöhe. Der Golfplatz befand sich in der Nähe von Rapid City in Chayton County.

Zwischen all den Menschen in formeller Garderobe, die an Stehtischen standen, fiel dem Mann ein circa 1,80 Meter großer kräftiger Typ auf, mit dunkelblondem Haar, Dreitagebart und traurigen Augen. Er identifizierte ihn als Eike Wolfen. Er war es, den Lozen Graham um Hilfe gebeten hatte. Wie er eine Einladung für die Veranstaltung bekommen hatte, wusste der Mann nicht.

Kris Chan hatte die Gästeliste über die Pressestelle des Verlages besorgt: Republikaner, regionale Country-Musiker, Professoren verschiedener Universitäten und universitätsnahen Stiftungen, Journalisten von überwiegend konservativen Sendern und Websites. Der ‚American Guard', eine rechte Website, die in den vergangenen Monaten sehr populär geworden war, hatte im Vorfeld ausführlich über das Buch berichtet. Geschrieben von einer Journalistin namens Francine Welsh, handelte es von der Familie des amtierenden US-Präsidenten und trug den reißerischen Titel ‚Criminal Kettles'.

Die Kettles, eine der bekanntesten und mächtigsten Familien in den USA, waren dem Mann natürlich ein Begriff. Den Reichtum der Familie begründete William Albert Kettle mit einer Kinokette und der Produktion von Spielfilmen, womit er in den 1910er-Jahren begonnen hatte. In den 1920ern gründete er WHAD, eine der ersten Radiostationen in New York. Das Medienimperium GEPRO, eine Abkürzung, die für ‚Geronimo Productions' stand, hatte bis heute Bestand. Sämtliche männlichen Kettles waren in der Politik gewesen. William A. Kettle war in den 1920ern Wahlkampfmanager des New Yorker Bürgermeisters Jimmie Gone und saß später im US-Senat, sein Sohn Michael Alexander wurde Bürgermeister von New York City und später Gouverneur von New York State, kämpfte 1968 und 1972 vergeblich um die Nominierung zum Präsidentschaftskandidaten der Demokraten. William Albert Kettles Enkel wurde Direktor der CIA, sein Urenkel Adam A. Kettle Gouverneur von New York und dann Präsident. Francine Welsh behauptete, die Familie sei durch Schwarzbrennerei während der Prohibition in den 1920er- und 1930er-Jahren zu

Reichtum gekommen und habe sich der verschiedensten illegalen Mittel bedient, um Macht zu bekommen. Außerdem schrieb sie, dass der Gründungsvater der Familie im Zweiten Weltkrieg ein Antisemit und Sympathisant der Nationalsozialisten gewesen sei. Dabei stützte sie sich unter anderem auf ein ominöses Manuskript, das im Internet kursierte und angeblich eine Autobiografie von William Albert Kettle war. Der Mann meinte sich zu erinnern, von den Antisemitismusvorwürfen und dem Manuskript schon einmal gehört zu haben.

Einer der Kameramänner des Livestreams, es waren mindestens zwei, schätzte der Mann, zeigte Tricky Dick. Er trug einen dunkelblauen Anzug und stand neben einer konservativ gekleideten attraktiven Frau Mitte dreißig und einem jungen hübschen Burschen, Typ Männermodel.
„Irgendeine Ahnung, mit wem der Alte da spricht?", fragte Lozen Graham Nick Davout.
„Nein. Ich mache Screenshots."

Kurz darauf begann die Pressekonferenz, in der Francine Welsh über ihr Buch sprach. Sie war eine brünette Enddreißigerin mit einem sympathischen, faltenfreien Gesicht, die eine Brille mit schwarzem Rahmen trug. Kritische Fragen beantwortete sie ausführlich und geschickt. Keine Spur von Verteidigungshaltung oder Aggression. Das Lächeln verschwand nie aus ihrem Gesicht. Auch nicht, als ein junger Reporter fragte, wer ihre Recherchen finanziert habe und sie nach der Antwort als Lügnerin bezeichnete.

„Ich versuche herauszufinden, wer der Typ war. Ich gleiche sein Bild mit den Namen der anwesenden Journalisten ab", sagte Nick Davout.

Nach der Pressekonferenz zeigte der Livestream weitere Aufnahmen der Gäste. Für einen Moment sah der Mann erneut Tricky Dick, wie er sich wieder mit der attraktiven Frau und dem Männermodel unterhielt. Bei ihnen stand Francine Welsh. Wenig später war der Livestream zu Ende. Der Mann blickte auf den Überwachungsmonitor. Lozen Graham schaute zu Nick Davout, der am Laptop arbeitete.

„Und?", fragte sie.

„Identifiziert. Der Fragensteller heißt Adrian Wacker. Ein Blogger."

„Warum war der Alte jetzt in South Dakota?", fragte Kris Chan den Mann.

„Gute Frage."

„Zum Glück kann es uns egal sein."

Leider nicht, dachte der Mann.

17.

Keuchend und schwitzend stand der Mann im Ring. Ihm gegenüber die rothaarige Barkeeperin. Der Mann war am Morgen in Clints Gym gefahren, weil es ihm bei seinem Besuch gefallen hatte und er wusste, dass die Zielperson noch schlief. Überraschend war er auf die Rothaarige getroffen, die sich an einem Sandsack abarbeitete. Er hatte sie spontan angesprochen und gefragt, ob sie ein paar Runden mit ihm drehen würde. Sie hatte ihn angesehen und zugestimmt.

„Schneller und härter, sonst wird er dich irgendwann treffen", sagte der riesige Afroamerikaner, der am Ring stand, zur Rothaarigen. Mittlerweile wusste der Mann, dass er Clint Freeman hieß, ein Schwergewichtsboxer im Ruhestand, der viel Respekt in der Szene genoss. Ihm gehörte Clints Gym.

Die Rothaarige bewegte sich fließend. Ihre Tritte und Schläge kamen präzise. Dass er noch auf den Beinen stand, verdankte er seiner Doppeldeckung und dem Umstand, dass er mehr als doppelt so viel wog wie sie.

„Los", sagte Clint Freeman.

Ihre Kampfart war unkonventionell, keine Sportveranstaltung, sondern auf Sieg um jeden Preis ausgelegt. Eine Straßenkämpferin. Nicht so gut wie die Zielperson, aber dicht dran. Die Auseinandersetzung erinnerte den Mann an die Zeit, als er wegen eines schiefgelaufenen Auftrags in Rumänien im Gefängnis gelandet war, die Wächter die Häftlinge gegeneinander antreten ließen, die Kämpfe im Internet ausgestrahlt, Wetten angenommen und damit viel Geld verdient hatten. Der Mann war bei den Kämpfen gelandet, nachdem er zwei Typen, die ihn im Waschraum vergewaltigen wollten, die Beine gebrochen hatte, was den Wächtern gefallen hatte. Die meisten Auseinandersetzungen hatte er gewonnen, was ihm eine Einzelzelle, regelmäßiges Training, vernünftiges Essen, Musik, Filme und gelegentlich Alkohol eingebracht hatte.

Aber Rumänien war lange her. Er fühlte sich alt und langsam. Man sagte, dass Kämpfer zwischen fünfunddreißig und vierzig beginnen zu verlieren, weil sie anfangen zu denken und deshalb zu langsam handeln. Selbst wenn ihr Kopf sagt, ‚Hau zu', reagierten die Hände nicht. Der Mann war von dieser These nicht überzeugt. Sicher war: Je älter er wurde, desto öfter wurde er verletzt.

Die Rothaarige verpasste dem Mann einen schmerzhaften Tritt auf den linken Oberschenkel und eine schnelle Dreierkombination, von der zwei Schläge auf seine Deckung gingen und einer seine Wange traf. Er machte einen Schritt zurück und fing sich einen Tritt in den Magen. Er grunzte, sprang nach vorne und startete eine Stafette von Kettenfauststößen. Sie wich zur Seite aus und haute ihm eine Gerade gegen den Hals. Die tat weh. Bevor er die Doppeldeckung wieder aufbauen konnte, schlug sie erneut eine schnelle Dreierkombination, von der zwei Schläge ihr Ziel trafen.

„Das ist es", sagte Clint Freeman.

Sie ist gut, dachte der Mann. Er war sich nicht sicher, ob er sie in einem echten Kampf besiegen konnte. Er verlagerte sein Körpergewicht aufs vordere Bein, um sie zu einem Fußfeger zu provozieren. Der kam. Er wich aus, glitt nach vorne, packte sie, warf sie auf den Boden und schlug auf sie ein. Clint Freeman sprang in den Ring und beendete den Kampf.

„Das war überheblich," sagte er zur Frau, „den Trick hättest du kommen sehen müssen."

Der Mann bot der Rothaarigen die Hand, die sie, nach kurzem Zögern, ergriff. Er zog sie hoch.

„Du bist gut", sagte sie.

„Du bist besser."

Clint Freeman schlug ihnen auf die Schultern.

„Ihr solltet öfter zusammen trainieren. Ihr könnt voneinander profitieren", sagte er.

Sie sah den Mann an.

„Joko hat mir nicht deinen Namen genannt."

„Winston Fitzroy."

„Winston Fitzroy. Wirklich?"

„Steht in meinem Führerschein und meinem Reisepass."

Der Fälscher, bei dem der Mann seine Papiere bezog, besaß einen schrecklichen Geschmack, was Namen anging.

„Du bist Amerikaner?"

„Steht in meinem Führerschein und meinem Reisepass."

„Ich werde dich nicht Winston nennen."

„Kein Problem für mich."

18.

„Ist William McKay ein Rassist?" war die Schlagzeile, die dem Mann entgegensprang, als er auf dem Smartphone eine Nachrichtenseite aufrief, während er nach dem Training im Belhaven ein Bircher Müsli zum Frühstück einnahm. Er las den Artikel. Minutemen21 hatte anonym eine E-Mail der Wahlkampfmanagerin Lena Dixon veröffentlicht, die sie ihrem Mann geschrieben hatte und in der sie sich über einen farbigen Verkehrspolizisten ausließ, der sie wegen zu schnellen Fahrens gestoppt hatte, was sie dazu veranlasste, die Rassentrennung zurückzuwünschen. In ihrer Wut ließ sie sich auch über das Sicherheitspersonal der Kampagne aus, das in den Händen einer ‚Rothaut' – Zitat Lena Dixon – und einer ‚Niggerin' – auch Zitat Lena Dixon – liegen würde.

Die Wahlkampfmanagerin hatte sich verkalkuliert, dachte der Mann und ging auf die Social-Media-

Accounts der Kampagne, wo er auf LukOut einen frischen Post entdeckte, in dem Lena Dixon den sofortigen Rücktritt erklärte, sich für ihre Äußerungen entschuldigte, die sie unüberlegt und falsch nannte, und klarstellte, dass diese in keiner Weise die Anschauungen des Kandidaten widerspiegelten, der alle Ethnien respektiere. Während er das las, tauchte ein weiterer Post auf. Diesmal von William McKay, der die Angelegenheit bedauerte und sich vehement für Gleichheit und Brüderlichkeit aussprach.

Der Mann setzte die Lesebrille ab und schrieb Kris Chan.
„Schlagzeilen gelesen?"
„Ja. Der Kandidat kam vorbei. Will wissen, wer hinter der Sache steckt."
„Noch was?"
„McKay hat angedeutet, dass er E-Mails mit sehr privatem Inhalt geschrieben hat."
„Wie privat?"
„Wollte er nicht sagen."
So privat also, dachte der Mann.

„Was will der Kandidat wegen der E-Mails unternehmen?", schrieb er.

„Unschlüssig."

Er beendete den Chat und sah, wie ein Mann in einem gut sitzenden braunen Anzug den Frühstücksraum betrat und sich setzte. Seine hellen Haare waren kurz rasiert, wie bei einem Soldaten. Diesen Kerl zu sehen, war nicht etwas, was der Mann sich gewünscht hatte. Er hieß Rupert Markus Babcock, um die dreißig, ein ehemaliger Sergeant der Marines, ein korrupter, gefährlicher FBI-Agent, der nebenher Jobs jenseits der Legalität erledigte. Der Mann hatte mit ihm einen Drogendealer gejagt, der einen anderen Drogendealer bestohlen hatte. Rupert Markus Babcock hatte daraus ein Gemetzel gemacht und jeden erschossen, der sich ihnen in den Weg gestellt hatte. Der russische Mafiosi aus New York hatte dem Mann vor Monaten erzählt, dass er auf dem absteigenden Ast sein soll. Wegen Drogen. Was er wohl im Belhaven macht, fragte sich der Mann. Als er aufstand, bemerkte ihn Rupert Markus Babcock. Er nickte dem Mann zu, der Mann nickte zurück. Höflichkeit unter Profis.

19.

„Die Tür öffnet sich. Treten Sie zurück, damit Passagiere aussteigen können. Wenn Sie eingestiegen sind, begeben Sie sich in die Mitte des Waggons. Dies ist ein Zug der Red Line nach Shady Grove. Nächster Stopp: Union Station", sagte die weibliche Ansagestimme der Metrorail, der U-Bahn von Washington D.C. Der Mann saß sechs Reihen hinter der Zielperson.

Lozen Graham stieg an der Union Station aus, nahm einen Bus zum Washingtoner Stadtteil Anacostia. Er hielt den größtmöglichen Sicherheitsabstand zu Lozen Graham. Er wusste, dass sie auf dem Weg zu einem mutmaßlichen Mitglied von Minutemen21 war, den Nick Davout mithilfe von LonleyLobo01 gefunden hatte. Er hatte es der Zielperson erklärt: Er hatte aus all denen, die auf die Provokationen von LonleyLobo01 reagiert hatten, Kandidaten herausgefiltert, die er für die Hacker oder Personen, die ihnen nahestanden, hielt, weil sie in ihren Posts und Kommentaren Täterwissen preisgaben, Ausdrücke benutzten oder Techniken erwähnten, die niemand ohne Insiderkenntnisse benutzt hätte. Aus diesen hatte er schließlich einen herausgefiltert, der mit einer Wahrscheinlichkeit von über neunzig Prozent zu Minutemen21 gehörte. Die Internetidentität hieß OsbiPhone. Der Mann war erstaunt gewesen, wie Nick Davout ihn lokalisiert hatte. Er hatte sämtliche von OsbiPhone veröffentlichten Fotos und Texte genommen und über sie den Verdächtigen irgendwo zwischen Anacostia, Southeast Washington und Barry Farm verorten können. Den Vornamen bekam er durch einen Kommentar zu einem Post. Der Nachname war Fleißarbeit. Nick Davout ging von der Annahme aus, dass OsbiPhone, wie viele User, seinen Kürzel aus Vor- und Nachnamen zusammengestellt hatte. Das bedeutete, ‚Bi' konnte der Anfang des Nachnamens sein. Nick Davout ging im Telefonbuch durch alle Bewohner Washingtons, deren Nachnamen mit den beiden Buchstaben begannen und Oscar hießen. Dann suchte er im Netz jeweils nach Aufnahmen der Person und vergleich sie mit den Selfies von OsbiPhone. So fand er den Gesuchten. Er hieß Oscar Binder. Der Mann war von Nick Davouts Vorgehen beeindruckt.

Von der Bushaltestelle ging Lozen Graham die W Street runter bis zur 16ten, wo sie in die Galen Street abbog. Sie blieb vor einem dreistöckigen roten Backsteingebäude mit grüner Tür stehen, schaute kurz hoch und ging rein. Nicht mal dreißig Sekunden, nachdem sie das Haus betreten hatte, sprang eine Gestalt mit einem Rucksack auf dem Rücken aus einem Fenster im ersten Stock, landete neben einem Baum in einem kleinen Garten, sprang auf und über einen roten Zaun aus Metall und rannte am Mann vorbei, die Galen Street nach oben. Kurze blonde Haare, schlank, durchtrainiert, gut aussehend. Das musste Oscar Binder sein. Er wollte wohl nicht mit Lozen Graham sprechen. Da sie nicht am Fenster auftauchte, ging der Mann davon aus, dass es eine Überwachungskamera im Treppenhaus gab, der mutmaßliche Minutemen21 sie als Bedrohung identifiziert hatte und getürmt war.

Auf der linken Seite der Galen Street waren Bäume und Gestrüpp, dahinter ein Wohnhaus, ebenfalls aus rotem Stein. Aus einem Busch zog Oscar Binder ein Fahrrad, schwang sich auf den Sattel, folgte der Galen Street, bis sie einen scharfen Rechtsbogen machte und zur 15th Street wurde. Der Mann lief hinterher. Oscar Binder erreichte eine Kreuzung, sprang vom Rad und nahm es mit in ein beiges Holzhaus, zu dem er einen Schlüssel besaß. Der mutmaßliche Minutemen21 hatte vorausgeplant und ein zweites Domizil in der Nähe. Clever, fand der Mann.

20.

„Die Slacker sollen sich aufteilen, vor Binders Wohnung warten und ihn zu uns bringen, wenn er auftaucht", sagte Lozen Graham, die nichts von der Flucht des Hackers mitbekommen hatte und mit Nick Davout in ihrem Büro saß. Der Mann schaute auf dem Monitor zu.
„Okay."
„Und sonst?"
„Karen hat angerufen. Risso ist mit zehn Leuten aufgetaucht. Es gab Verletzte."
„Haben unsere Leute gereicht?"
„Ja. Und wie abgesprochen hat der Kandidat die Bilder von den letzten Wahlkampfveranstaltungen der Polizei übergeben und Anzeige erstattet."
„Wir führen wie Stacey Personenkontrollen ein."
„Gut. Ich kümmere mich drum."
Sie nippte an einem Kaffee.
„McKay hat neue Pressetermine reinbekommen."
„Zeig sie mir."

Während Nick Davout begann, die Termine runterzuleiern, klingelte das Telefon des Mannes. Rufnummer unterdrückt. Er ahnte, wer es war.

„Hier Ormston."

„Guten Tag."

„Warum steht in Ihren Berichten nichts von Minutemen21?"

Woher wusste der Engländer von der Gruppe, fragte sich der Mann.

„Also?"

Zeit für eine Lüge.

„Minutemen21? Ich weiß nicht, was Minutemen21 ist."

„Ist heute etwas Ungewöhnliches passiert?"

„Graham hat einen Typen aufgesucht, der vor ihr abgehauen ist. Vermutlich einer der Hacker."

„Sie waren da?"

„Persönlich. Was ist jetzt Minutemen21?"

„Nicht wichtig."

„Sind Sie sicher?"

„Ich will ausführliche Berichte. Lassen Sie nichts aus."

„Ich lasse nichts aus."

„Ich hoffe es für Sie."

„Sie müssen nicht hoffen. Es ist ein Fakt."

Der Engländer legte auf.

Der Mann stand auf, ging zum Fenster des Büros und schaute auf Coffys Noodles. Woher konnte Dave Ormston von der Entdeckung der Minutemen21 wissen? Zum Beispiel, wenn er nach Lozen Grahams Besuch Kontakt zu Oscar Binder gehabt hätte. Wenn die beiden sich kannten, was bedeutete das? Der Hacker gehörte zum Alten. Das würde bedeuten, dass das auch für Dave Ormston galt, was wiederum heißen würde: er auch. Die Überwachung von Lozen Graham wäre dann ein Auftrag von Tricky Dick. Crazy.

Natürlich konnte Dave Ormston auch von einer anderen Quelle von Minutemen21 gehört haben. Es war nicht abwegig, dass er einen Informanten bei Joel Kraft, Marian Stacey oder sonst wem sitzen hatte, der ebenfalls die Identität der Hacker herausgefunden hatte. Mist. Was für ein kranker, verdrehter Job. Der

Mann setzte sich wieder vor die Monitore. Sollte er Kris Chan von seinem Gedanken erzählen? Vorerst nicht, entschied er.

„Was ist mit dieser Denkfabrik?", fragte Lozen
„Nichts konkretes."
Nick Davout hatte die Personen, mit denen Tricky Dick bei der Buchpräsentation gesprochen hatte, identifiziert. Die attraktive Frau hieß Brenda Lupoff. Sie leitete das ‚Fathers Foundation Institute' (FFI), eine Denkfabrik mit Sitz in Washington D.C. Das Ziel der Denkfabrik war eine kleine Bundesregierung. Die Mitglieder sahen in einem freien Markt den Nährboden, auf dem wirtschaftliches und kulturelles Leben gedeihen konnte. Das Männermodel hieß Carl Denvers und leitete einen Ableger der FFI auf dem Gelände der South Dakota University of 1876 in Chayton County. Es gab Artikel, die behaupteten, dass die FFI tendenziös war. Nick Davout hatte auf die häufige Zusammenarbeit mit dem American Guard hingewiesen.
„Wir haben also nach wie vor keine Ahnung, was der Alte in South Dakota wollte?", fragte Lozen Graham.

„Ein Buch wird präsentiert, das die Familie des amtierenden Präsidenten diskreditiert, das ist Wahlkampf. Wir sollten mit Welsh und Lupoff sprechen. Die Frauen sind in Washington. Haben einen Auftritt bei Janis Dehane."

„Kann Karen machen."

Der Mann schaute im Internet nach. ‚Warum? Janis Dehane fragt nach', so hieß eine Talkshow, die sonntagmorgens live im Fernsehen und im Netz ausgestrahlt wurde. Der Mann schrieb eine Nachricht an Harvey Farossi:

„FFI?"

Die Antwort kam überraschend prompt:

„Konservative Denkfabrik."

„Was heißt das?"

„Gehirnwäsche. Vorlesungen, die Steuern und Umweltschutz verdammen, den freien Markt lobpreisen und Marxismus und soziale Marktwirtschaft nicht erwähnen."

„Wer steckt dahinter?"

„Nicht nachzuvollziehen. Hat es was mit deinem Auftrag zu tun?"

„Kann sein."

„Weißt du, was du tust?"

„Hm."

Harvey Farossi hatte der Mann vor Jahren kennengelernt, als er im Auftrag eines Gangsterbosses einen Typen verfolgt hatte. Wegen nicht zurückgezahlten Schulden. Es hatte sich herausgestellt, dass Harvey Farossi denselben Typen suchte, weil er mit einem Video eine Bürgermeisterkandidatin erpresste deren Wahlkampfmanager er gewesen war. Der Mann hatte das Video besorgt, das die Kandidatin total betrunken in einer Bar gezeigt hatte, und den Typen entsorgt. Weil sie sich sympathisch waren, trafen sich der Mann und Harvey Farossi alle paar Jahre auf ein Bier oder zehn.

„Wann trinken wir mal wieder einen?", fragte der Berater des Präsidenten.

21.

„Möchtest du mit mir ein Glas Wein trinken?", fragte der Mann die rothaarige Barkeeperin.

„Ich trinke nie beim ersten Mal mit jemandem einen Wein", sagte sie und ging zum Schrank, um den Zweigelt zu holen.

Ein paar Sitze entfernt saß ein Latino in einem gut geschnittenen Anzug, trank ein Bier und tippte etwas in sein Smartphone. Er trug eine runde Brille. Sein Hals und seine Hände waren tätowiert.

„Dein Wein", sagte die Rothaarige.

„Danke."

„Du solltest dem Rioja eine Chance geben. Der ist gut."

„Was für Wein magst du?"

„Er muss intensiv sein und nicht zu sanft im Abgang, wenn du weißt, was ich meine."

„Absolut. Klingt nach einem, den ich auch gerne trinken würde."

Die Rothaarige lächelte.

Zwei Typen mit Vollbart bauten sich neben dem Latino auf. Mittelgroß. Trugen Kurzmäntel. Einer packte ihn unsanft am Arm. Der Latino begann, auf sie einzureden. Die Rothaarige bemerkte die Diskussion und sah zum Mann, der die Ankunft der Kurzmäntel ebenfalls registriert hatte. Er erhob sich und ging zu den drei Kerlen.

„Was willst du?", fragte einer der Kurzmäntel, als er ihn bemerkte.

„Dies ist das Belhaven."

„Und?"

„Ich habe es Ihnen erklärt. Sie begreifen es nicht", sagte der Latino.

„Verstehe", sagte der Mann.

„Alter, was soll das Gelaber?", fragte der zweite Kurzmantel.

„Dies ist das Belhaven."

„Ich kenne den Namen des Hotels."

„Woher kommt ihr kleinen Wichser? Jeder weiß: Das Belhaven ist die Schweiz", sagte der Latino.

„Es ist was?", fragte der erste Kurzmantel.

„Es ist die Schweiz. Konflikte von außerhalb des Hotels werden hier nicht ausgetragen", sagte der Mann.

„Was ist das für ein Scheiß?", fragte der zweite Kurzmantel.

„Und wer bist du, Alter?", fragte der erste Kurzmantel.

„Ich bin einer der Besitzer."

„Ha, ihr seid so am Arsch", sagte der Latino triumphierend.

„Warum sollte uns interessieren, was du sagst, Alter?", fragte der erste Kurzmantel.

Der Mann lächelte.

„Seht ihr die Barkeeperin?"

Die Kurzmäntel schauten zur Theke. Da stand die Rothaarige, die Arme hinter dem Rücken.

„Geile Schlampe. Soll ich sie ficken?", fragte der erste Kurzmantel.

„Unter der Theke liegen immer zwei HK P30. Rate, was sie in den Händen hält."

Die Kurzmäntel sahen noch mal zur Rothaarigen.

„Willst du uns verarschen?"

„Dies ist das Belhaven. Geht und kommt nicht wieder."

Die Kurzmäntel sahen sich an, dann wieder zur Rothaarigen und zum Mann.

„Wir kriegen dich, Tico", sagte der erste zum Latino.

Die Kerle verließen die Bar.

„Danke", sagte der Latino zum Mann.

„Keine Ursache. Die Drinks gehen heute Abend aufs Haus."

„Muchas Gracias."

Der Mann ging zurück zu seinem Platz. Kurz darauf kam die Rothaarige zu ihm.

„Warum HK P30?", fragte sie.

„Eine verlässliche Waffe. Magst du sie nicht?"

„Die Kantonspolizei Zürich hat damit auf mich geschossen."

Der Mann lächelte und nippte am Zweigelt.

„Wirklich keinen Wein?"

„Wie gesagt: nie beim ersten Mal."

22.

Als es später am Abend an der Zimmertür klopfte, lag der Mann auf dem Boden und schaute sich auf dem Tablet einen alten Horrorfilm aus den 1960ern an, den ein italienischer Regisseur gedreht hatte und der aus mehreren unabhängigen Episoden bestand. Eine schöne Frau in Unterwäsche wurde von einem Anrufer terrorisiert. Früher hatte der Mann viele Filme gesehen. Irgendwann ging das verloren. Seit er Lozen Graham beobachtete, die in ihrer freien Zeit nichts anderes zu tun schien, war dieses Interesse wiedererwacht.

Er stoppte den Film und öffnete die Tür. Es war Kris Chan. Sie sah das Standbild der Frau in Unterwäsche auf dem Laptop und schaute ihn an, als wäre er ein Triebtäter.
„Ein Klassiker", sagte er.
„Sicher."

„Hat der Besuch von Grahams Angestellter bei dieser Lupoff was ergeben?"

„Soll nur ausweichende Antworten gegeben haben."

Sie sah ihn an.

„Was ist?", fragte er.

„Morgen ist wieder der Tag. Letztes Jahr bist du eine Woche verschwunden."

„Passiert diesmal nicht. Wir haben einen Job."

„Vielleicht solltest du nach Japan fahren."

„Warum?"

„Ich habe gelesen, da gibt es einen Service, bei dem man sich eine Ehefrau und Kinder mieten kann, um gemeinsam mit ihnen zu kochen und anderes Familienzeug zu machen."

„Wir kennen uns schon eine Weile. Du meinst, auf so was stehe ich?"

Sie zuckte mit den Schultern und grinste dabei.

„Was für traurige Typen mieten sich eine Familie?", fragte er.

„So traurige wie du?"

23.

Nachdem der Mann mit dem Training im Clints Gym fertig war, sich geduscht und angezogen hatte, warf er einen Blick aufs Display seines Smartphones: ein Haufen Push-Mails. Wegen einer weiteren Veröffentlichung durch Minutemen21. Es waren die E-Mails mit dem sehr privaten Inhalt, von denen William McKay gesprochen hatte. Verschickt von seinem Account, an seine Geliebte, der Besitzerin einer bekannten Burger-Kette in Minnesota. Die Beziehung zur Frau war kein Geheimnis. Allerdings beschrieb der Kandidat in seinen Nachrichten ihre sexuellen Praktiken. Die waren weder pervers noch originell, jedoch besaßen die Schilderungen eine Detailfreude, wie sie niemand über einen möglichen Präsidenten lesen wollte. Dass er jedem Körperteil einen Kosenamen gegeben hatte, machte die Sache noch pikanter. Der Mann fuhr ins Hotel. Dort angekommen, rief er seine Mitarbeiterin an und bat sie, in sein Zimmer zu kommen.

Als Kris Chan an der Tür klopfte, hatte er schon den Laptop hochgefahren und aus der Cloud die Aufnahmen des Morgens heruntergeladen. Sie schauten sie gemeinsam an. Nick Davout und Lozen Graham hielten eine Videokonferenz mit dem Kandidaten und der neuen Wahlkampfmanagerin ab, in der William McKay sehr aufgeregt war und auf Nick Davouts Frage, ob er weiter kandidieren würde, versicherte, er würde sich durch ein paar Cyberterroristen nicht einschüchtern lassen. Sie hätten ihr Pulver verschossen, er würde die Peinlichkeit überstehen.

Kris Chan schaute sich im Netz um. Obwohl die E-Mails erst vor knapp drei Stunden veröffentlich worden waren, gab es auf den Social-Media-Accounts der Kampagne bereits Hunderte Reaktionen. Die meisten machten sich über William McKay lustig.
„Ein starker Sturm rast da auf ihn zu", sagte sie.

24.

„Ich bin's, Harv", sagte der Mann.

Er ging eine kleine Straße runter an den Potomac River. Der Indian Summer in D.C. war verdammt schön. Der Mann fühlte sich relaxed.

„Weißt du eigentlich, dass nur du und eine weitere Person mich so nennen?", fragte Harvey Farossi.

„Nein. Wer ist die andere Person?"

„Nicht wichtig."

„Hm."

„Du rufst wegen des Rücktritts von McKay an."

„Du bist ein Hellseher."

„Ich habe begriffen, in welchem Kontext dein Job steht."

Vor einer halben Stunde hatte William McKay entgegen seiner Behauptung vom Vortag erklärt, er werde sich nicht weiter um die Nominierung als Präsidentschaftskandidat bemühen. In den Umfragen war er abgestürzt. Parteikollegen hatten ihn aufgefordert, den Wahlkampf zu beenden. Dazu kam eine nicht enden wollende Kommentarflut auf den Social Media und spöttische Meme, die es in die Nachrichten, Blogs und Talkshows geschafft hatten. Was aber wohl den Kandidaten bewogen hatte, aufzuhören, war ein Zwischenfall auf einem Parkplatz in Minnesota, dachte der Mann. Paparazzi hatten der Freundin des Kandidaten aufgelauert und sie mit pornografischen Fragen über ihr Intimleben belästigt, woraufhin sie in Tränen ausgebrochen war. Das Video dazu ging viral.

„Was willst du wissen?"
„Hast du von Minutemen21 gehört?"
„Sicher, jeder DCling hat das."
„DCling?"
„Jemand, der sich in Washington auskennt."
„Dann bin ich kein DCling."
„Tricky Dick, FFI, jetzt Minutemen21. An was für einer Sache arbeitest du?"
„An einer wichtigen."
„Nicht deine Preisklasse."
„Ich kenne keine Klassen, Harv."

„Du Sozialist"

Der Auftrag des Mannes war nicht vorbei. Vor der Rücktrittserklärung hatte William McKay Lozen Graham aufgesucht, sie von seinem Entschluss in Kenntnis gesetzt und erklärt, dass er sie weiter engagieren wolle, um die zu finden, die hinter den Attacken gegen ihn steckten. Der Mann hatte daraufhin eine E-Mail an den Engländer geschrieben, ihn informiert und sich erkundigt, wie es mit seinem Job aussehe. „Weitermachen" war die Antwort gewesen.

„Was hältst du von der Sache, Harv?"
„Soll ich deine Arbeit machen?"
„Du kennst dich in der Szene aus."
„Ich habe mich umgehört, aber niemand weiß etwas."
„Beunruhigt dich das nicht?"
„Abläufe bei Wahlen sind nicht kontrollierbar. Wie haben mehrere Möchtegernkandidaten. Jeder oder jede hat Freunde und Finanziers. Jeder kann hinter der Sache stecken."
„Du suchst nach dem Verantwortlichen?"
„Natürlich."

„Mit all dir zur Verfügung stehenden Mitteln?"

„In aller Freundschaft: Mehr kann ich dir nicht sagen."

„Du weißt nicht, was Freundschaft ist."

„Das sagt sie auch immer."

„Wer?"

„Die Person, die mich auch Harv nennt."

Harvey Farossi verabschiedete sich.

Der Mann kam an einem kleinen Café vorbei, kaufte einen Kaffee, eine Flasche Wasser und ein Sandwich und ging runter an den Fluss, wo er sich auf die Steintreppen des Washington Harbour setzte und aufs Wasser schaute. Die Herbstsonne besaß noch Kraft. Ihm wurde warm und er zog die Jacke aus. Ein eng umschlungenes Touristenpärchen ging an ihm vorbei. Es hatte eine Zeit gegeben, da war er hier öfter gewesen. Aber allein machte dieser Ort keinen Spaß, dachte der Mann, trank einen Schluck Kaffee und zog das Smartphone aus der Tasche.

25.

William McKay beklagte den Verfall der politischen Kultur.

Marian Stacey nannte William McKay ein perverses Weichei.

Der Wahlkampfmanager von Marian Stacey berichtete von einer abgewehrten Cyberattacke auf ihr Netzwerk.

Joel Kraft forderte Polizei und FBI auf, die Verbrecher zu finden, die William McKays E-Mail gestohlen und veröffentlicht hatten.

Der Mann scrollte eine Nachrichtenwebsite hinunter. Erst an sechster Stelle kam eine Meldung, die nichts mit dem Wahlkampf zu tun hatte. Die Horde war wieder aufgetaucht, hatte sechs Autos und einen Getränkeladen in Brand gesetzt, dabei sieben Menschen verletzt, einen lebensgefährlich.

Der Mann klickte sich zur letzten Ausgabe von ‚Warum? Janis Dehane fragt nach'. Die Moderatorin war eine junge indisch aussehende Frau in einem grauen Hosenanzug. Unter der Jacke trug sie ein rotes tief ausgeschnittenes und eng anliegendes T-Shirt. Der Mann fand, dass der Ausschnitt zu sexy für die Gastgeberin einer politischen Talkshow war. Janis Dehane sprach mit Brenda Lupoff und Francine Welsh. Es war keine besonders packende Diskussion. Die Moderatorin war nicht gut genug für ihre Gästinnen, die rhetorisch versierte Medienprofis waren. Irgendwann kam das Gespräch auf die Antisemitismus-Vorwürfe von Francine Welsh gegen den Gründungsvater der Familie Kettle, die Janis Dehane für haltlos hielt und darauf verwies, dass sie bereits beim vorherigen Präsidentschaftswahlkampf darüber berichtet habe. Deshalb war ihm also die Geschichte bekannt vorgekommen, dachte der Mann, sie war ein alter Hut.

Kris Chan rief an.
„Boss, McKay hat gerade Graham angerufen. Dieser Adrian Wacker, du erinnerst dich, der Typ von der Buchpräsentation, hat sich bei ihm gemeldet. Sie treffen sich morgen."

„Häng dich ran."

„Hatte ich vor."

„Gut."

„Boss?"

„Ja?"

„Bei dieser Nummer werden wir irgendwann auf FBI und Secret Service treffen. Nicht gut."

Er verstand Kris Chan. Er empfand es wie sie. Aber das konnte er ihr nicht sagen.

„Wir bringen das hier zu Ende", sagte der Mann.

„Die Frage ist, wessen Ende es ist."

„Betrachte es als Herausforderung."

„Betrachte es als Herausforderung? Blöder Spruch. Hast du so ein sinnloses Seminar für Führungspersonal besucht?"

„Ja. Ich habe jetzt Hunderte solcher Floskeln drauf."

„Ich habe Angst."

„Zu recht."

Er beendete das Gespräch.

Der Mann zog seine Jacke an, stand auf, warf einen letzten Blick auf den Fluss und machte sich auf den Weg ins Hotel. Er versuchte, die Informationen zu verstehen. Was bedeutete das Treffen? Adrian Wacker recherchierte gegen Francine Welsh und meldete sich bei einem Kandidaten nach dessen Rücktritt. Warum? Wo war der Zusammenhang? Er fand keine Antworten. Er überlegte, ob er Adrian Wacker im Bericht an den Engländer erwähnen sollte. Er beschloss, es zu tun. Was konnt es schaden? Dave Ormston sollte ihm weiter vertrauen. Das würde er nur erreichen, wenn er ab und zu Details lieferte.

Der Mann kam an einem Schnapsladen vorbei und blieb stehen. Das rote Lichtzeichen, das verkündete, dass offen war, blinkte hektisch. Es war Zeit. Er betrat den Laden, entschied sich für einen billigen Whiskey und ein Sixpack Pale Ale einer lokalen Brauerei mit 8,7 Umdrehungen. Als er die Kreditkarte ins Lesegerät steckte, erschien auf dem Display die Frage, ob er für Veteranen etwas spenden möchte. Er entschied sich dagegen.

26.

Der Mann besaß keine Fotos, kein Tagebuch, keine Social-Media-Einträge. In seiner Welt waren persönliche Gegenstände Dinge, die einen umbrachten. Sentimentalität war eine Schwäche und die Vergangenheit etwas, das man ruhen lassen sollte. Das gelang dem Mann. Außer an einem Tag im Jahr. Deshalb war Kris Chan besorgt gewesen.

Er lag auf dem Bett im Belhaven, der Fernseher war an, stummgeschaltet, eine Folge von ‚Star City' lief. Er hatte die Flasche mit dem billigen Whiskey in der Hand. Auf den Oberschenkeln war das Laptop. Der Mann ging auf eine Seite im Internet, auf der Hinterbliebene verstorbener Freunde und Verwandten gedachten. Er gab ins Suchfeld den Namen Sana Gaston ein. Das Foto eines Grabsteins erschien, um den herum bunte Blumen lagen und auf dem der Frauenname stand. Unter dem Foto gab es einen Gedenkspruch. Der Mann kannte die Frau nicht, die das Bild auf die Seite gestellt hatte, aber er war dankbar dafür. Er trank einen Schluck.

Sana Gaston hatte ihn aus dem Knast in Rumänien geholt. Gerade rechtzeitig, denn die nicht enden wollenden Kämpfe setzten ihm zu, machten ihn gleichgültig gegenüber der Welt, gegenüber sich selbst. Sein damaliger Kumpel und Geschäftspartner Nelson Alphona hatte sie engagiert. Auf ihrer Visitenkarte stand ‚Anwältin'. Das beschrieb ihren Tätigkeitsbereich unzureichend. Sie befreite Operative aus Notsituationen. Der Geheimagent, der von der gegnerischen Macht festgenommen, die Attentäterin, die geschnappt wurde – wenn der jeweilige Auftraggeber es wünschte, holte Sana Gaston ihn oder sie raus, gegen entsprechende Bezahlung. Die Wahl der Mittel war ihr überlassen.

In seinem Fall bestach sie zwei unterbezahlte Wächter, die ihn eines Nachts zu den Abwasserkanälen des alten Gefängnisses brachten, die nach draußen führten. Sie empfing ihn in einem Kellergewölbe in der nächsten Ortschaft, gab ihm

Kleidung und brachte ihn zu einer heruntergekommenen Startbahn, wo sie in einen verrotteten Flieger stiegen, der sie in die Mongolei brachte. Während des Fluges kamen sie ins Gespräch. Sana Gaston war eine kleine schwarzhaarige Frau, die behauptete, eine algerische Mutter und einen französischen Vater zu haben, die behauptete, eine praktizierende Muslimin zu sein, die Kopftücher verabscheute und Witze über den Propheten machte. All das stimmte nicht. Aber als sie ihm später die Wahrheit erzählte, spielte es keine Rolle mehr.

Im Hotel in Ulaanbaatar schliefen sie miteinander. Die spontane Leidenschaft war nicht verflogen, als sie sich ein halbes Jahr später wieder begegneten. Sie lebte wie er in Washington. Sie liebte die Stadt, insbesondere den Potomac River. Nach ein paar Wochen war er bei ihr eingezogen. Mit jemandem zusammenzuleben war für den Mann etwas Neues. Er ließ sich darauf ein. Er sollte es bereuen.

27.

Der Mann warf einen letzten Blick auf das Foto des Grabsteins, bevor er die Website schloss, den Verlauf löschte, den Laptop runterfuhr, den Fernseher ausstellte und an die Bar des Plex ging. Es war früh am Abend, der Club fast leer. Auf der Bühne stand ein Flügel. Sana Gaston hatte ihm beigebracht, zu spielen. Er setzte sich und begann, ein Stück des Komponisten Claudio Monteverdi zu spielen, das sie gemocht hatte. Anfangs hielt er sich an die Noten des klassischen Stücks, dann begann er, zu improvisieren, bis es nach Jazz klang.
„Wow, Old School, aber cool", sagte die rothaarige Barkeeperin, die auf einmal neben ihm stand.
„Danke."
„Joko hat nicht gesagt, dass du in so was gut bist."
„Bin ich auch nicht."
„Spiel etwas."
„Was?"
„Überrasch mich."

Ohne zu überlegen spielte er einen abgelutschten Popsong aus den 1990ern. Sie begann zu rappen. Relaxed, originell, über Dinge aus ihrer Welt. Es ging um schräge Gestalten an der Bar, den Tod und Gewalt.

„Joko hat nicht gesagt, dass du in so was gut bist", sagte er, nachdem der Applaus der wenigen Gäste abgeebbt war.
„Bin ich auch nicht."

28.

Weil der Mann, nachdem die Rothaarige ihm das vierte Glas gebracht und er es geleert hatte, merkte, dass er den Alkoholpegel erreicht hatte, der ihn redselig machte, ging er zurück aufs Zimmer, wo er auf dem Laptop erneut das Foto des Grabsteins aufrief.

Mit achtzehn war der Mann auf einem schlechten Trip gewesen. Ständig zugedröhnt, kein Bock auf alles. Was mit ihm geschah, interessierte niemanden. Er war in Waisenhäusern auf verschiedenen Kontinenten aufgewachsen. Irgendwie war er in den USA gelandet. Sein Geld machte er mit einem gestohlenen Drogenspürhund, mit dem er Lagerplätze der ortsansässigen Dealer ausfindig machte, das Zeug klaute und verkaufte. Das haute hin, bis die Polizei ihn festnahm.

Er landete im Knast, hatte Angst, baute sich aus dem abgebrochenen Griff eines Tisch-Tennis-Schlägers, den er im Freizeitraum fand, einen spitzen Pflock und umwickelte seinen Oberkörper mit Illustrierten, die er mit Klebeband fixierte, damit er gegen Schnitte und Stiche durch scharfe Gegenstände geschützt war. Der Panzer aus Papier war unangenehm zu tragen. Doch die Sicherheit war es ihm wert.

Sechs Wochen geschah nichts. Im Gegenteil. Er freundete sich mit jemanden an. Mit einem Betrüger namens Nelson Alphona, einem schlagfertigen Kerl, der sich ständig über die Angst des Mannes lustig machte. Bis zwei Typen sie beim Essen anfielen. Ohne Vorwarnung. Ohne Grund. Einfach so. Sinnlose, blöde Gewalt. Dreimal stach ein Typ mit einem selbstgebastelten Messer auf den Mann ein, aber die Klinge drang nicht durch die Illustrierten. Der Angreifer sah ihn irritiert an, als kein Blut floss. Der Mann rammte dem Typen den Pflock in den Hals. Eine rote Fontäne spritzte ihm ins Gesicht. Der Angreifer schrie und rannte weg. Der Mann sah zu Nelson Alphona. Ein kräftiger Kerl hatte ihn im

Schwitzkasten. Der Mann stach auch ihm in den Hals. Diesmal spritzte kaum Blut. Der Typ lockerte trotzdem den Haltegriff. Nelson Alphona befreite sich und trat dem Typen zwischen die Beine. Der Kampf war der Beginn ihrer Freundschaft.

Nelson Alphona ging später zur Armee, wurde Kriegsheld und gründete eine Sicherheitsfirma in Washington. Er überzeugte den Mann, der nach dem Gefängnis in den Untergrund gegangen und zu einem Dieb und Totschläger geworden war, bei ihm einzusteigen. Er tat es.

Ihre Firma lief gut. Wählerisch waren Nelson Alphona und der Mann nicht, Skrupel hatten sie selten, vor Gewalt schreckten sie nicht zurück. Nelson Alphona war der Geschäftsmann, das gut aussehende, charmante Aushängeschild, er der verbissene Haudrauf und Ermittler.

Ein Jahr nach Rumänien kam der Fall von Senator Marco Wilson. Der Politiker war bestechlich. Die Leiterin eines Senatskomitees gegen Korruption hatte sie mit der Untersuchung beauftragt. Obwohl die Freunde nicht einmal die letzten drei US-Präsidenten aufzählen konnten. Aber Nelson Alphona hatte eine Affäre mit der Frau und sie bekniet, ihnen den Auftrag zu geben, weil er glaubte, eine solche Untersuchung bringe Renommee und Reichtum.

Er und der Mann machten schnelle Ermittlungsfortschritte. Was sie nicht wussten: Der Senator hatte einen Problemlöser engagiert. Der wurde bei der Komiteeleiterin vorstellig und bat sie nachdrücklich, die Untersuchung einzustellen, was sie ablehnte. Danach wurde der Problemlöser bei den Freunden vorstellig, bot Geld, was sie nicht annahmen. Eine Woche später stieß jemand Nelson Alphona vor einen Zug der Green Line. Kurz darauf gab die Leiterin des Senatskomitees der Forderung des Problemlösers nach. Einfach aus Furcht.

Der Problemlöser suchte anschließend den Mann auf und zeigte ein Video vom Mord an Nelson Alphona, der von einer Gestalt im Kapuzenpulli gestoßen wurde. Der Mann warf ihn raus und ermittelte weiter.

Der Problemlöser erhöhte den Druck, schickte einen Totschläger, aber der Mann war besser. Daraufhin tauchte ein schwuler Büroangesteller auf, der den Mann verklagte und behauptete, er habe ihn vergewaltigt. Es war offensichtlich, wer dahintersteckte. Der Mann hörte nicht auf. Der Problemlöser verlor die Geduld. Er kam mit zwei Killern zur gemeinsamen Wohnung vom Mann und Sana Gaston. Sie erschossen sie durch die geschlossene Tür. Der Mann entkam über die Feuerleiter. Eine Woche verbrachte er bei einem befreundeten Meth-Dealer und haute sich rein, was er an Drogen fand.

Der Dealer warf ihn raus, nachdem ein Foto des Mannes im Netz, in den TV-Nachrichten und den Polizeistationen aufgetaucht war. Der Problemlöser hatte ihm den Mord an Sana Gaston und Nelson Alphona angehängt. Dafür brauchte es gute Beziehungen zur Polizei. Der Gegner schien übermächtig. Der Mann ging zu einem Schönheitschirurgen, ließ sich ein neues Gesicht verpassen und verschwand.

Er nahm einen Schluck aus der Whiskeyflasche. Vor zwölf Jahren war Sana Gaston gestorben. Seitdem war er ein Geist. Unsichtbar. Nicht greifbar. Immer in Bewegung. Ständig wechselte er seine Identität. Weil er überzeugt war, dass der Problemlöser ihn immer noch suchte. Deshalb hatte er nie ihr Grab besucht. Deshalb lag an seinem Bett immer ein Abschiedsbrief mit Anweisungen für seine Beerdigung. Weil er glaubte, dass der Problemlöser eines Tages Erfolg haben würde.

Der Mann nahm noch einen Schluck. Das erste Jahr nach ihrem Tod hatte er in den Kneipen von Marseille verbracht. Auf der Suche nach dem Rausch, auf der Suche nach Ärger. Jeden Abend war er voll. Dachte über Rache nach. Aber wenn er bereit war, zurück in die USA zu fliegen, dem Senator und seinem Problemlöser eine Kugel in den Kopf zu jagen, hielt ihn etwas zurück, ein Hauch von Rationalität, der übriggeblieben war, den weder Drogen, die Trauer noch die Wut beseitigen konnten. Der Problemlöser und sein Auftraggeber waren unangreifbar. Und so verzweifelt der Mann war: Auf dem Selbstmordtrip war er nicht.

29.

Ein Hai rettete eine Meerjungfrau vor einer Hyäne. Der Mann saß am späten Morgen mit schwerem Kopf im Hotelzimmer und schaute Cartoons. Das Bier: ausgetrunken. Der Whiskey auch. Die Minibar: leer. Der Mülleimer: voll mit Flaschen. Sein Durst war größer als die Bestände gewesen. Das Smartphone vibrierte. Kris Chan. Er wollte nicht rangehen, war nicht in Stimmung, wusste aber: Wenn er nicht abnahm, würde seine Angestellte über Wochen blöde Kommentare machen.

„Ja?"

„Zum jährlichen Kampftrinken angetreten und verloren?"

„Alles ist bestens."

„Das nenne ich klassische Männlichkeit: Kummer haben und sich dann einen reinschütten."

„Ja, mehr Macho geht nicht. Was gibts?"

„Nichts ist besser als ein schlecht gelaunter und verkaterter Vorgesetzter."

Der Mann fragte sich, warum er sich über die blöden Kommentare Sorgen gemacht hatte.

„Constance."

„Du benutzt meinen ersten Vornamen. Boss, jetzt wirst du ja richtig gemein."

Er hätte wirklich nicht abnehmen sollen.

„Also?"

„Bist du aufnahmebereit?"

„Absolut."

„Warum benutzt du ‚absolut' in letzter Zeit so oft? Graham sagt das immer."

„Willst du mit mir über Worte oder Inhalte sprechen? Also?"

„Wacker ist nicht zum Treffen mit McKay erschienen."

„Was hat Graham gemacht?"

„Sie ist zu ihm gefahren. Er wohnt in Alexandria. Das ist ja nicht weit."

„Und?"

„Wacker, seine Frau und sein Kind waren nicht da. Graham glaubt, dass er abgehauen ist, weil Koffer und Rucksäcke fehlten."

„Warum glaubt sie, ist er abgehauen?"

„Angst bekommen oder er wurde eingeschüchtert."

„Durch Tricky Dick?"

„Denkt sie."

Es könnte ein Fehler gewesen sein, Adrian Wacker im Bericht an den Engländer zu erwähnen, dachte der Mann.

„Was wissen Graham und Co. über Adrian Wacker?"

„Laut Davout ist er achtundzwanzig, hat Politik studiert. Kommt ursprünglich aus Wyoming. Schreibt einen Blog und für linke Seiten. Lebt mit einer Deidre Ventura, Besitzerin eines veganen Restaurants, und deren sechsjährigem Sohn Carl zusammen."

„Hm."

„Graham hat Seymour losgeschickt, die Verwandten abzuklappern. Wackers Eltern leben in Cheyenne, die seiner Freundin in New York. Ihre Schwester wohnt in der Nähe von Sacramento."

„Sonst noch was?"

„Graham hat Davout Bilder von ihrem Smartphone geschickt, die sie bei Wacker gemacht hat."

„Was ist drauf?"

„Keine Ahnung. Er soll sie sich anschauen."

„Aha."

„Hast du alles mitbekommen, Boss, oder soll ich es dir schriftlich zukommen lassen, damit du es im Bericht an unseren Auftraggeber nicht vergisst?"

„Warum arbeite ich nur mit dir zusammen?"

„Political Correctness. Ohne Frauen und Minderheiten geht es nicht."

30.

Der Mann verließ Clints Gym, stieg in die Metro und fuhr ins Hotel. Er kam zum Schluss, dass er sich einen neuen Trainingsort suchen musste. Zu oft denselben Ort aufzusuchen, machte ihn ausrechenbar, auch wenn er den Anfahrtsweg änderte. Regelmäßigkeit war einschläfernd und Einschlafen bedeutete Versagen oder Tod. Das war das Mantra des Mannes – und dass er noch lebte, bewies ihm die Richtigkeit der Aussage.

Sein Smartphone klingelte.
„Ja?"
„Guten Tag."
Es war Dave Ormston, der Engländer.
„Wie gehts?"
„Wir haben Ihren letzten Bericht gelesen."
„Freut mich. Gut zu wissen, dass ich ihn nicht umsonst geschrieben habe."
„Schauen Sie sich bei diesem Wacker um und finden Sie heraus, was Ms. Graham fotografiert hat."

„Gibts einen bestimmten Grund?"

„Machen Sie es einfach. Ist das ein Problem?"

„Nein. Ich fotografiere für mein Leben gerne."

„Wie schön für Sie."

Der Engländer legte auf. Der Mann rief Kris Chan an und informierte sie.

„Der Auftraggeber will also, dass wir aktiv werden", sagte sie.

Sie unterschieden zwei Arten der Überwachung: die passive, bei der sie sammelten und analysierten, und die aktive, bei der sie ergänzende Untersuchungen oder Aktionen durchführten. Rein passive führte das Team selten durch.

31.

Der Mann stieg aus dem Zug der Yellow Line, joggte die Rolltreppe hoch, rief den Onlinekartendienst von LukOut auf und gab die Adresse von Adrian Wacker ein. Sie war nur drei Blocks entfernt. Ein lang gezogenes einstöckiges Gebäude mit Flachdach mit sechs Eingängen für sechs Wohnungen. Die Türen waren unterschiedlich gestaltet. Zwei waren weiß, eine grün, der Rest braun, über einer hing eine Marquise, drei hatten Glaseinsätze. Zu den einzelnen Wohnungen gelangte der Besucher über einen betonierten schmalen Weg, der jeweils durch einen Vorgarten führte, der individuell mit Beeten, Schaukeln oder einfach Gras gestaltet war.

Adrian Wacker lebte hinter der grünen Tür, dessen Schloss für den Mann kein Problem darstellte. Er setzte sich im Wohnzimmer aufs Sofa, das aussah, als gehöre es auf den Sperrmüll, und machte Fotos mit dem Smartphone. Eine liebevoll eingerichtete

Wohnung. Moderne Naturholzmöbel und gebrauchte Einrichtungsgegenstände. Eine Küche, die nicht vom Wohnzimmer abgetrennt war. An den Wänden hingen ungerahmte Fotografien und ein orientalischer Wandteppich. Kaum Bücher. Kein Fernseher. Zwei Spielekonsolen. Ein Monitor. Ein Plattenspieler und beeindruckend viel Vinyl.

Der Mann erhob sich und ging in den ersten Stock. Das Kinderzimmer war nicht aufgeräumt, das Doppelbett im Schlafzimmer nicht gemacht, der Kleiderschrank zur Hälfte leer und es fehlten, wie Lozen Graham festgestellt hatte, Koffer und Rucksäcke. Auf dem Nachtisch stand eine gerahmte Aufnahme der Familie.

Er ging zurück ins Wohnzimmer und sah sich weiter um. Lozen Graham hatte Nick Davout Fotos gegeben. Es waren bestimmt nicht die Belanglosigkeiten von den Wänden. Sein Blick blieb beim Wandteppich hängen. Er reichte nicht bis zum Boden. Der Mann hatte es vorhin nicht bemerkt. Eine Tür befand sich hinter dem Teppich. Er schob ihn beiseite, öffnete den

Zugang und ging eine Treppe nach unten in den Keller, wo er auf eine weitere Tür stieß. Er öffnete sie und betrat einen kleinen Raum, der mit Fotos, Zetteln und ausgedruckten und ausgeschnittenen Schlagzeilen plakatiert war, wie bei einem Serienkiller.

Pressefotos der republikanischen Kandidaten, vom Präsidenten und Harvey Farossi. Darunter aufgereiht: Aufnahmen von Brenda Lupoff, Francine Welsh, Carl Denvers, einer dunkelhaarigen Frau, die er nicht kannte, und, zur Überraschung des Mannes, eines von Oscar Binder und von Rupert Markus Babcock. Ein Blatt Papier, auf dem ‚Black Phoenix' stand, ein Blatt, auf dem das Kürzel ‚FFI' stand, darunter Post-its, auf denen die Namen von Stiftungen, gemeinnützigen Organisationen und Handelsverbänden geschrieben waren. Offenbar glaubte Wacker, dass sie in einer Verbindung zum Think-Tank standen. Vielleicht hatte er etwas entdeckt und deshalb William McKay kontaktiert. Was war Black Phoenix? Der Mann gab die Worte in die Suchmaschine ein und bekam nur Verweise auf einen Comic und eine Metal-Band, die so ähnlich hießen. Half nicht weiter. Er machte Fotos von der Serienkiller-Plakatierung und schickte sie dem Engländer und Kris Chan.

32.

„Sie ist gut", sagte die rothaarige Barkeeperin.
„Ist sie", sagte er.
Eine Rapperin sang über Sonnenblumen und Liebe.
„Wein? Es ist nicht mehr das erste Mal", fragte er.
Sie grinste.
„Wir sollten es nicht überstürzen."
Er lachte und ließ sich auf den Barhocker fallen. Sein linkes Knie schmerzte und er hatte ein leichtes Ziehen im Rücken. Er war mit ihr am Nachmittag zu Clints Gym gefahren, auch wenn er da eigentlich nicht mehr hin wollte. Die Auseinandersetzung war intensiv gewesen. Weil sie sich kannten, hatten sie weniger Rücksicht aufeinander genommen.

„Noch einen Zweigelt?"
„Gerne."
Rupert Markus Babcock setzte sich ans andere Ende der Bar und bestellte beim Barkeeper einen Drink.
„Scheiße", sagte sie.

„Du kennst ihn?"

„Er hat mir vor langer Zeit vier Rippen gebrochen."

„Ja, darin ist er gut."

„Ihr kennt euch?"

„Nur indirekt."

„Gut."

Sie starrte zu Rupert Markus Babcock.

„Ich würde nicht einmal daran denken", sagte er.

„Ich weiß. Das Belhaven ist die Schweiz."

Interlude 2

Die geschlossene Black-Phoenix-Chat-Gruppe auf dem Instant-Messenger-Portal des Onlinedienstes LukOut:

Wondergirl32: „Wir müssen handeln."

Hammerhead11: „Soll ich?"

Wondergirl32: „Nein."

UnionJack: „Der Kontraktor."

Wondergirl32: „Negativ. Dadurch könnte er den Kontext verstehen."

LadyMystery5: „Sehe ich auch so."

FourFace8: „Ich auch."

Patriot33: „Also?"

UnionJack: „Ich mache es."

Wondergirl32: „Hohes Risiko."

UnionJack: „Das ist es, so oder so."

Wondergirl32: „Also gut."

33.

Der Mann sah der Rothaarigen zu, die mit schnellen kontrollierten Bewegungen Cocktails für eine betrunkene Gruppe junger Frauen mixte. Sie war sehr konzentriert, ließ sich von den Gästinnen, die sie ständig anquatschten, nicht ablenken. Joko Uwais setzte sich zu ihm.
„Habibi."
„Habibi."
„Guten Tag gehabt?"
„Normal."
„Gut."
Gegen Mittag hatte sich Karen Seymour aus New York gemeldet und mit Lozen Graham und Nick Davout eine Videokonferenz abgehalten. Sie hatte Adrian Wacker bei seiner Schwester gefunden. Er war offenbar sehr aufgeregt gewesen, hatte sich geweigert, mit ihr zu sprechen und angedeutet, dass ihm und seiner Familie gedroht worden war. Karen Seymour wollte am nächsten Tag den Blogger erneut

aufsuchen. Gegen Mittag hatte Kris Chan beobachtet, wie Lozen Graham die Freundin von William McKay vom Flughafen abgeholt und es geschafft hatte, sie an Reportern und Fotografen vorbeizulotsen, die irgendwie von ihrer Ankunft erfahren hatten, und sie zum Apartment zu bringen, in dem der Ex-Kandidat wohnte.

„Und wie war dein Tag?", fragte der Mann seinen Freund.
„Absoluter Durchschnitt."
„In unseren Jobs ist es gut, durchschnittliche Tage zu haben."
„Weiß nicht, Habibi. Hätten wir das vor zehn Jahren auch gesagt? Vielleicht werden wir alt und mögen deshalb auf einmal durchschnittliche Tage."

34.

Der Truck schoss aus einer Seitenstraße und rammte den grauen Chevy, der gegen eine Hauswand krachte. Der Truck besaß getönte Scheiben, weshalb nicht zu erkennen war, wer am Steuer saß. Den Fahrzeugtyp kannte der Mann nicht.

„Auf dem Clara Barton Parkway wurde laut der Polizei der Truck abgestellt und in Brand gesteckt. Die Insassen sind vermutlich im Wald Richtung Fluss verschwunden", sagte Kris Chan.

„Spiel es noch mal vor", sagte der Mann.

Nick Davout hatte sich die Aufnahmen der Kameras aus dem Parkhaus und vom Unfallort besorgt und zusammengeschnitten. Als Lozen Graham sie sich auf ihrem Rechner angeschaut hatte, hatte die Überwachungskamera sie aufgenommen.

Rowan McIntire und Balu Brummel kamen in die Tiefgarage, stiegen in den Chevy, fuhren aus dem Parkhaus, bogen nach links und kamen an eine

Kreuzung, wo der Truck in sie hineinraste, dann einen Moment stehen blieb, bevor der Fahrer zurücksetzte und wegfuhr.

„Könnte ein normaler Fall von Fahrerflucht sein", sagte der Mann.

„Dass sie den Truck abgefackelt haben, spricht dagegen. Der einzige Grund, so etwas zu tun, ist, um Spuren zu vernichten."

Der Mann nickte.

„Wenn es ein gezielter Anschlag war: Woher konnten die Männer im Truck wissen, dass sie nach links fahren?", fragte er.

„Hatte ich doch vor zwei Wochen in unseren Bericht geschrieben. Die beiden gehen jeden Donnerstag gemeinsam im ‚Bells Pub' einen Trinken."

„Gewohnheiten sind tödlich."

„Weiß ich."

„Wie steht es um sie?"

„Brummel ist tot, McIntire liegt im Koma."

„Hm."

„Graham hat Seymour informiert und ist jetzt im Krankenhaus."

Der Mann kratzte sich an der Stirn.

„Wissen wir, was die Polizei sagt?", fragte er.

„Graham hat mit einem der ermittelnden Beamten gesprochen. Bisher keine Erkenntnisse über die Herkunft des Wagens. Die Überwachungskameras in der Nähe des Tatorts und des verbrannten Trucks haben keinen der Täter aufgenommen."

„Pech."

„Warum zu diesem Zeitpunkt ein solcher Angriff, Boss? Was denkst du?"

„Ich kann nur vermuten. Es sind verschiedene Dinge zusammengekommen, die den Alten dazu bewogen haben könnten: dieser Wacker. Seymours Auftauchen bei Lupoff. Und Binder wird ihn informiert haben, dass Graham bei ihm aufgeschlagen ist."

Er ärgerte sich, dass er den Angriff nicht vorausgesehen hatte. Darum ging es ihm doch bei der Sache: Schaden zu verhindern.

„Ist das Grund genug, einen Menschen zu töten?", fragte sie.

„Das war vielleicht keine Absicht. Vielleicht wollte er Graham nur schwächen, langsamer machen, ablenken."

35.

Lozen Graham lag zu Hause auf dem Sofa, in den Armen von Johnnie To. Ihr Hände zitterten. Er gab ihr einen Vaporizer mit Gras. Nach ein paar Zügen verschwand das Zittern. Ein weiteres Zeichen dafür, dass sie auf dem absteigenden Ast war, dachte der Mann, der das Zittern schon bei ihr gesehen hatte und wusste, dass sie es mit Joints abstellen konnte. Er saß allein im Wohnmobil. Draußen besoff sich der Besitzer der Lagerhalle mit zwei anderen Typen.

„Dann steckt dieser Alte dahinter?", fragte Johnnie To.

„Wer sonst?"

„Du solltest ihn zur Rede stellen."

„Bei ihm vorfahren und ihm die Pistole auf die Brust setzen?"

„So in der Art."

„Dieser Alte ist ein mächtiger Mann. Der Balek Smith des heutigen Washington. Solchen Typen droht man nicht."

Vize-Administrator Balek Smith war einer der Schurken aus ‚Star City'.

„Wow."

„Und du bist bei ihm eingebrochen."

Sie gab Johnnie To den Vaporizer und er nahm einen Zug.

„Wird Rowan überleben?", fragte er anschließend.

„Vielleicht."

Er streichelte ihr den Kopf. Es war eine sehr intime Geste, die den Mann, der im Wohnmobil saß, berührte. Ihm war es fast peinlich, Zeuge zu sein.

„Was jetzt, Lozen?"

„Ich weiß es nicht."

Johnnie To gab ihr einen Kuss auf die Stirn.

Lozen Graham stellte den Fernseher an. Ein Film aus den 1960ern. Auf dem Flatscreen boxte ein deutscher grauhaariger Schauspieler in einem Lagerhaus gegen Asiaten mit roten Stirnbändern in schwarzen Klamotten.

36.

Lozen Graham kam wie immer um 08:30 Uhr ins Büro. Obwohl sie und Johnnie To spät ins Bett gegangen waren, war sie, wie immer unter der Woche, um 06:30 Uhr aufgestanden, hatte eine halbe Stunde Gymnastik und Schattenboxen gemacht, geduscht, in unter drei Minuten das Müsli gegessen, war in den Wagen gesprungen und ins Büro gefahren. Nach einem kurzen Gespräch mit Nick Davout zog sie den verbliebenen Slacker von Tricky Dick ab und setzte ihn auf Brenda Lupoff an. Das hieß, Lozen Graham gab nicht auf, sondern machte weiter. Alles andere hätte den Mann auch überrascht.

Am Nachmittag meldete sich Karen Seymour und teilte mit, dass Adrian Wacker und seine Familie erneut abgehauen seien. Seine Schwester hatte sich geweigert, Auskünfte über ihren Verbleib zu geben.

Lozen Graham gab die Information weiter an Nick Davout. Der Mann war fasziniert von ihm. Während der Ereignisse der letzten vierundzwanzig Stunden hatte er bei ihm kein Zeichen einer Emotion entdeckt. Er war nicht einmal ins Krankenhaus gefahren. Er wirkte wie Rondoira, die scheinbar gefühllose Androidenkriegerin aus ‚Star City'.

Am Nachmittag kam Nick Davout in Lozen Grahams Büro und teilte ihr mit, dass er die Positionen der Überwachungskameras in der Umgebung, in der die Täter den Truck am Clara Barton Parkway in Brand gesteckt hatten, überprüft habe und er es deshalb für unwahrscheinlich halte, dass es keine Aufnahmen von ihnen gebe. Lozen Graham rieb sich die linke Hand und sagte schließlich, dass sie morgen jemanden namens Todd besuchen würde. Der Mann sah fragend zu Kris Chan. Sie zuckte unwissend mit den Schultern.

Gegen sechs holte Johnnie To Lozen Graham ab. Sie gingen ins Coffys Noodles und fuhren nach dem Essen mit dem Taxi nach Hause, wo sie drei Stunden einen Ego-Shooter spielten, dabei kifften und soffen und danach einen Schwarz-Weiß-Film schauten, in dem ein Naturwissenschaftler erkennen musste, dass es Dinge zwischen Himmel und Erde gab, die nicht mit Logik zu erklären waren, weil er von einem Satanisten verflucht und deshalb von einem Dämon verfolgt wurde. Der Mann lud sich den Film runter und schaute ihn parallel. Er kannte ihn. Am Ende brachte der Dämon den Satanisten um. Sana Gaston hatte den Film geliebt. Nachdem der Mann und sie ihn das erste Mal zusammen gesehen hatten, hatte sie ihm gestanden, dass die Geschichte der algerischen Mutter und des französischen Vaters erfunden war, dass sie eine US-amerikanische Staatsbürgerin sei, aus New Mexico komme und eine schlimme Kindheit gehabt habe. Ihm war das egal. Er liebte sie, nicht ihre Herkunft. Warum der Film bei ihr den Drang ausgelöst hatte, ihm die Wahrheit zu erzählen, wusste er bis heute nicht.

37.

Ein Rapper sang etwas von der wahren Faust und dem Nordstern. Der Mann verstand es nicht richtig. Die rothaarige Barkeeperin unterhielt sich angeregt mit einer Gästin, weshalb er die Brille aufsetzte und auf dem Smartphone Nachrichten las: Kandidat Joel Kraft führte in den Umfragen, das Buch von Francine Welsh hatte es in die Bestsellerlisten geschafft, der Präsident an Beliebtheit verloren, die Horde ein weiteres Mal zugeschlagen und Scott Keener einen Paparazzi verprügelt.

„Seit wann brauchst du eine Brille?", sagte eine Stimme hinter ihm. Er nahm die Brille ab und drehte sich um. Es war Harvey Farossi, der einen grauen Anzug, ein schwarzes T-Shirt und Turnschuhe trug. Er hatte den Mann per SMS um ein Treffen gebeten.

„Meine Mitarbeiterin meint, ich sehe vertrauenswürdiger damit aus."

„Tatsächlich?"

„Ja. Und ich finde, sie hat recht."

Harvey Farossi schaute sich um.

„Warum war ich noch nie hier?"

„Du hörst nicht viel Musik."

„Daran könnte es liegen."

Harvey Farossi setzte sich auf den Barhocker neben ihm. Die Rothaarige erkundigte sich, was er trinken wolle.

„Hatte mein Freund schon viel Wein?", fragte er die Frau und zeigte auf den Mann.

„Mit mir noch keinen."

Harvey Farossi lachte und bestellte einen Whiskey. Er war mittelgroß mit graumelierten Haaren und kleinen Narben um die Augen, die von seiner Vergangenheit als Boxer zeugten.

„Netter Club", sagte er und rieb sich das rechte Bein. Seit er total betrunken einen Autounfall gehabt hatte, war es steif und tat weh, weshalb er regelmäßig Schmerzmittel schluckte. Das hatte er dem Mann bei einem Besäufnis auf den Philippinen erzählt.

„Warum treffen wir uns, Harv?"

„Wir haben uns lange nicht gesehen. Und wir sollten über deinen Auftrag sprechen."

„Welchen Auftrag?"

Die Rothaarige brachte den Whiskey und lächelte den Mann an. Harvey Farossi sah ihn fragend an.

„Wir haben wirklich noch keinen Wein zusammen getrunken", sagte der Mann.

„Hm."

Harvey Farossi nahm einen Schluck Whiskey.

„Das Buch der Welsh verkauft sich gut", sagte er und nahm sein Smartphone aus der Hosentasche, rief die Website von Francine Welsh auf und schob das Telefon zum Mann. Die Autorin berichtete, dass ein Comic-Autor aus dem Buch eine Graphic Novel machen wollte und eine Produktionsfirma bereits einen Dokumentarfilm drehte.

„Sie ist verdammt erfolgreich", sagte Harvey Farossi.

„Nervt dich gewaltig, was?"

„PR-mäßig eine Katastrophe."

„Bist du deshalb vorbeigekommen? Soll ich eine Bücherverbrennung organisieren?"

„Nein."

Der Rapper sang über einen Helden, den man mieten konnte, und dass Kapuzenshirts mit Einschusslöchern

Mode wären. Harvey Farossi nahm einen weiteren Schluck Whiskey.

„Guter Stoff."

„Entwickelst du so was wie Geschmack?"

Der Mann wusste, dass Harvey Farossi nicht sehr wählerisch war.

„Ich kann zumindest so tun." Harvey Farossi lachte.

„Was willst du, Harv?"

Der Gefragte zog die Brieftasche aus dem Jackett, nahm eine Visitenkarte heraus und legte sie auf die Theke. Sie war schwarz, mit einem goldenen Lorbeerkranz mit einem Skorpion als Motiv. Der Mann sah zu Harvey Farossi.

„Das ist die Visitenkarte von Krowbar."

„Was willst du, Harv?"

„Ich weiß nicht, welches Spiel Tricky Dick spielt und für wen."

„Es geht um die Wahlen. Du kannst Polizei und Geheimdienste drauf ansetzen. Du bist der Berater des Präsidenten."

„Es laufen Untersuchungen. Ich habe den Alten sogar vom FBI vorladen lassen. Aber es gibt nichts, mit dem wir ihn belasten können."

„Was hat der Alte zur Vorladung gesagt?"

„Ein paar einflussreiche Freunde aus dem Kongress haben sich über das Vorgehen des FBI beschwert."

„Du gibst auf?"

„Ich mache weiter. Mit dir will ich einen weiteren Spieler aufs Feld stellen."

„Ich soll dein Joker sein."

„Du meinst, mein unberechenbarer Wahnsinniger, der die Stadt auf den Kopf stellt?"

„Manchmal hasse ich Popkulturreferenzen."

Harvey Farossi zog mit den Fingern die Mundwinkel nach oben.

„Mein Auftrag könnte mit deinem aktuellen Job nicht vereinbar sein. Ist das ein Problem für dich?"

„Was weißt du von meinem aktuellen Job?"

„Genug."

„Tatsächlich?"

„Eigentlich erfüllt Lozen den gleichen Zweck wie du, nur dass sie es nicht weiß und ich sie nicht bezahlen muss."

„Du vermutest einfach nur."

„Nein. Logik. Wir DClinge denken gelegentlich. Die Fakten, die du mir genannt hast, musste ich nur kombinieren."

Der Mann lächelte traurig.

„Was hältst du von Lozen?", fragte Harvey Farossi.

„Tough. Hat gerade zwei Männer verloren. Mal schauen, wie sie das wegsteckt."

„Solche Rückschläge machen sie stärker."

„Du magst sie."

„Blödsinn."

Der Mann gab der Rothaarigen ein Zeichen und sie brachte einen weiteren Wein.

„Ich will wissen, wer Tricky Dick angeheuert hat. Wie, ist mir egal. Ich zahle deinen Preis", sagte Harvey Farossi.

„Meinen Preis plus einen Händedruck des Präsidenten."

„Träum weiter."

„Gerne."

„Ruf mich an, wenn du dich entschieden hast", sagte Harvey Farossi.

„Mach ich."

Sie stießen an. Auf der Bühne begann eine Sängerin mit ihrem Programm. Sie fragte sich, wo man hinging, wenn man schlief.

38.

Der Schlaf wollte nicht kommen. Der Mann wälzte sich hin und her, stand auf und schaute fern. Schließlich zog er Hemd und Hose an, verließ das Zimmer und ging den leeren Hotelgang entlang bis zum Treppenhaus, hinunter in den Keller, wo sich die Küche befand, in der sich um diese Uhrzeit niemand aufhielt, machte Licht und kochte einen Kaffee. Nachdem er ihn getrunken hatte, holte der Mann Jacke und Autoschlüssel aus dem Hotelzimmer, setzte sich ins Auto, suchte auf dem Smartphone im LG-Ordner nach der Adresse von Henry ‚Tricky Dick' Krowbar, fand sie und fuhr los.

Die ersten Zeichen der Dämmerung waren zu erkennen, als er das Haus des Alten erreichte. Ein seltsames einstöckiges Gebäude in rot und weiß, das auf einer Anhöhe in Potomac, Maryland, stand. Rechts ein Gebäudeteil mit schrägem Dach aus rotem Backstein ohne Fenster, in dem die Garage lag, links ein weißer Gebäudeteil mit Fenstern, ebenfalls mit Schrägdach. Eine Treppe aus rohem Stein führte durch einen karg bepflanzten Garten hoch zum Eingang, der aus einer großen Tür mit Glaseinsatz bestand. Davor stand ein schwarzer menschengroßer Drache, um den herum die Halloween üblichen Kürbisse drapiert waren. Das Nachbarhaus sah ähnlich aus. Nur gab es dort Bäume im Garten. In denen hingen in weiße Tücher gehüllte Skelette.

Der Mann konzentrierte sich wieder auf das Haus des Alten. Tricky Dick war ein Problemlöser, wie der, der Sana Gaston umgebracht hatte, ein Gegner, wie er ihn nie wieder hatte haben wollen. Aber das ließ sich jetzt nicht mehr ändern. Er war der Feind. In einem Kampf, dessen Regeln er nur rudimentär kannte. Zu dem er aus purer Sentimentalität angetreten war. Spontan. Ohne seine Mitarbeiterin über das Motiv zu informieren. Armselig, dachte der Mann. Kris Chan vertraute ihm und er log sie an. Mies. Echt mies.

Der Mann fuhr zurück nach Washington. In der Nähe von Fort Totten parkte er vor dem Haus, in dem er mit

Sana Gaston gelebt hatte. Seit ihrem Tod war er nicht an diesem Ort gewesen. Er erinnerte sich, wie es an der Tür geklingelt hatte, Sana Gaston war schneller aufgesprungen als er, um nachzuschauen, wer sie besuchte. Der Problemlöser und seine Killer hatten Schalldämpfer benutzt. Aber das Geräusch, als die Kugeln die Wohnungstür durchschlagen hatten, hatte der Mann sofort einordnen können. Er war in den Flur gelaufen und hatte seine Freundin tot am Boden liegen sehen. Kugeln hatten ihren Kopf zerschmettert, sie hatte am Bauch und an der Schulter geblutet.

Der Mann stieg aus dem Dodge Charger und ging zur Rückseite des Gebäudes. Der Problemlöser und seine Killer hatten versucht, die Tür aufzubrechen. Er war zum Fenster im Wohnzimmer gerannt, die Feuertreppe hinuntergeklettert und gelaufen und gelaufen. Bis er nicht mehr konnte.

Über die vereiste Feuerleiter kletterte der Mann vorsichtig nach oben. In die Wohnung, in der er früher gelebt hatte, konnte er wegen einer Jalousie nicht hineinschauen. Er stieg hoch bis aufs Flachdach mit

Dachgarten und setzte sich an den Rand. Noch war es nicht ganz Tag.

Nachdem sie den Film mit dem Dämon gesehen hatten, waren sie aufs Dach gegangen und Sana Gaston hatte ihm ihre Geschichte erzählt. Es war eine Geschichte einer jungen Apachin aus der Mescalero Apache Reservation in New Mexico, deren Eltern drogenabhängig gewesen waren. Sie fing ein Verhältnis mit einem viel älteren Soldaten an, auch Apache. Gerade mal sechzehn Jahre alt wurde sie schwanger. Sie wollte das nicht, sie konnte das nicht. Nachdem sie das Baby entbunden hatte, legte sie es mit einem erklärenden Zettel vor der Haustür des Soldaten ab und verschwand.

Vielleicht hatten sie sich deshalb so geliebt, weil sie beide ein zweites Leben lebten. Der Mann erhob sich. Unten sah er ein Fast-Food-Restaurant, das geöffnet war. Er ging hinunter, bestellte Omelett und Kaffee. Die schlecht gelaunte Kellnerin brachte ihm beides. Das Omelett war gut. Mit frischen Kräutern. Sana Gaston hatte Kräuter auf dem Dach angebaut.

39.

Textnachricht 1: „Graham, Davout, Seymour sind auf den Friedhof."
Foto 1 zeigte die drei auf der Beerdigung von Bedford Balu Brummel. Der Mann hatte Kris Chan hingeschickt. Sie sendete ihm Updates von unterwegs.

Textnachricht 2: „Beerdigung zu Ende."

Textnachricht 3: „Frauen besuchen McIntire im Krankenhaus."

Foto 2 zeigte Lozen Graham allein in der Metro.

Auf Foto 3 stieg Lozen Graham am Judicary Square aus.

Auf Foto 4 betrat sie das Hauptquartier der Polizei.

Textnachricht 4: „Graham verlässt die Bullen."

Kris Chan kam dreißig Minuten nach der letzten Nachricht zurück.

„Hat Graham schon was gesagt?", fragte sie den Mann.

„Sie ist gerade auf dem Klo."

„Hm."

„War es schwer, ihr zu folgen?"

„Sie ist gut und sie ist im Alarmzustand."

„Aber sie hat dich nicht bemerkt."

„Glaube nicht."

„Du glaubst?"

Kris Chan verdrehte die Augen.

Lozen Graham kam aus dem Klo und ging zu Nick Davout. Sie erzählte ihm, dass Todd erzählt habe, dass der verbrannte Truck als gestohlen gemeldet worden war. Offenbar war dieser Todd ein Freund bei der Polizei, dachte der Mann. Auf Lozens Bitte hin habe er sich mit ihr die Aufnahmen der Überwachungskameras in der Nähe des Clara Barton Parkway zur Tatzeit angeschaut. Tatsächlich hätten sie eine Aufnahme von zwei Kerlen entdeckt, die aus dem Truck gestiegen sind, ihn mit Benzin übergossen und angezündet hatten. Auf diesen Bildern seien sie nicht zu erkennen gewesen, weil sie die Masken der Horde getragen hätten. Jedoch habe es eine Aufnahme einer weiteren Kamera gegeben, auf denen der Fahrer die Maske genommen habe. Todd habe darauf erneut in die Ermittlungsakten geschaut, aber keinen Vermerk über die Aufnahmen entdeckt. Anschließend habe er begonnen, das Foto durch ein Identifizierungsprogramm laufen zu lassen. Bisher ohne Ergebnis.

„Interessant", sagte Nick Davout.
„Was?"
„Dass die Horde ein Teil dieser ganzen Affäre ist."
„Sie schaffen eine Atmosphäre des Chaos und der Unsicherheit."
„Gut für einen ‚Law&Order'-Kandidaten."
„An wen denkst du?"
„Kraft."
„Eine Vermutung."
„Ich weiß. Trotzdem sollten wir es McKay sagen."
„Absolut."

„Hast du die Namen der ermittelnden Polizisten, die die Bilder unterschlagen haben?"

„Ja."

„Das Bild des Fahrers?"

„Ja. Ein Standbild."

Lozen Graham zeigte es ihrem Mitarbeiter auf dem Display ihres Smartphones. Er erkannte den Fahrer.

„Das ist Dave Ormston", sagte Nick Davout, nachdem er sich das Bild angeschaut hatte.

Der Mann flucht innerlich.

„Er ist der Typ, den Risso auf dem Parkplatz getroffen hat. Sehr umtriebig. Personenschutz, Übergaben. Ein Ex-Cop."

„Dann wird Todd auch bald wissen, wer er ist."

„Nicht unbedingt."

„Wieso?"

„Nicht Metro Police. Ehemals Scotland Yard. Ormston ist Engländer. Seit Jahren in Washington. Meines Wissens keine Vorstrafen. Hat sich viel in Lateinamerika rumgetrieben."

„Woher kennst du ihn?"

„Er hat für mich Dinge transportiert."

„Dinge transportiert?"

„Dinge transportiert."

„Klingt sehr geheim."

„Ist es."

„Weißt du, wo Ormston wohnt?"

„Ich schaue nach."

Nick Davout tippte etwas auf seiner Tastatur.

„In der Dix Street."

„Das ist in Mayfair, oder?"

„Ja."

Lozen Graham setzte sich auf die Tischkante und rieb die linke Hand.

„Was überlegst du?", fragte Nick Davout.

„Ob ich hinfahre oder Todd anrufe."

„Ist die Entscheidung so schwierig?"

Sie sah ihn an.

„Nein."

Nachdem sie mit Todd telefoniert hatte, ging Lozen in die Tiefgarage, stieg in den Wagen und fuhr los. Kris Chan folgte ihr. Als sie weg war, dachte der Mann nach. Den Anschlag auf die Angestellten von Graham Security hatte ohne Frage Tricky Dick angeordnet. Dave Ormston war der Fahrer gewesen. Der

Engländer war aber auch derjenige, der ihn engagiert hatte. Jetzt wusste er wirklich definitiv, dass der Alte auch sein Auftrageber war, was er Kris Chan sagte, als sie zurückkam. Sie schüttelte den Kopf und fluchte.

„Was für ein mieser Job. Warum hat er uns auf Lozen Graham angesetzt?"

„Er hat täglich einen Bericht von uns bekommen. Auf diese Weise wusste er, was sie rausgefunden hat und konnte darauf reagieren."

„Er muss ihre Fähigkeiten sehr hoch einschätzen."

„Stimmt."

„Und das heißt, wir sind mitverantwortlich am Tod von diesem Balu."

Sie schwiegen einen Moment, dann zeigte Kris Chan dem Mann die Videoaufnahmen, die sie gemacht hatte: Todd, ein drahtiger Typ in den Dreißigern, der einen Anzug trug, kam mit zwei uniformierten Kollegen und klopfte an einer Tür in einer heruntergekommenen Häuserreihe. Dave Ormston öffnete die Tür. Als er sah, wer ihn da besuchte, versuchte er, die Tür zu schließen. Todd trat dagegen und schob den Engländer in die Wohnung.

„Graham hat sich die Verhaftung angeschaut", sagte Kris Chan.

„Verstehe."

„Ich wäre an ihrer Stelle allein zu dem Penner gefahren."

„Es wäre unklug gewesen. Es würde Tricky Dick und seine Auftraggeber provozieren."

„Ich weiß, aber Logik ist nicht alles."

Der Mann schaute auf die Monitore. Lozen Graham saß im Büro und tippte etwas in den Computer. Nick Davout machte sich einen Tee.

„Ich habe Bock auf einen Drink", sagte der Mann.

„Bin dabei."

„Lass uns in einer halben Stunde auf dem Dach treffen."

40.

Kris Chan und der Mann standen auf dem Dach. Sie hatte große Gläser in der Hand, gefüllt mit einem Halloween typischen Cocktail aus Wodka, Tomatillos, Gurken und Tabasco, der herrlich grün schimmerte. Die Rothaarige hatte ihn im Plex für den Mann gemixt. Sie nannte ihn ‚Grüner Kobold'. Eigentlich war es zu früh dafür. Sonne und sechzehn Grad verbreiteten keine gruselige Stimmung.
„Gutes Zeug", sagte Kris Chan.
Kein Wind wehte, in der Ferne hörte man die Sirene eines Streifenwagens.
„Warum sind wir auf diesem Dach und betrinken uns?", fragte sie.
Der Mann sah sie an und lächelte.
„Ich mag dich", sagte er.
„Boss, wenn du sentimental wirst, machst du mir Angst."
„Es ist bald Halloween."
Sie lachte.

„Also, Boss?"

Es war Zeit für die Wahrheit. Der Mann begann von Sana Gaston zu erzählen. Die ganze Geschichte. Ungeschönt. Nichts auslassend.

„Danke für dein Vertrauen, Boss", sagte Kris Chan, nachdem er fertig war. „Aber warum erzählst du mir das?"

„Es hat was mit unserem Auftrag zu tun. Die Sache ist der Grund, warum ich ihn angenommen habe."

Wieder war in der Ferne die Sirene eines Streifenwagens zu hören.

„Inwiefern?"

„Auch wenn sie keine Mutter sein wollte, hat Sana verfolgt, was aus ihrer Tochter wurde."

„Es war eine Tochter?"

„Ja. Sie hat mir mal den Namen gesagt und ein High-School-Foto von ihr gezeigt."

„Und?"

„Ich hatte den Namen der Tochter längst vergessen und auch wie sie aussah, aber dann hat mir Ormston das Bild unserer Zielperson gezeigt. Sie hatte sich nicht sehr verändert. Trauriger, trainierter, ein paar Falten, aber eindeutig war sie es."

Kris Chan sah ihn an. Der Mann nahm einen Schluck.

„Lozen Graham ist die Tochter von Sana", sagte sie.

„Jup."

„Aber sie ist nicht deine Tochter."

„Ich weiß."

„Aber?"

Er zuckte mit den Schultern.

„Es war eine Sache, die du machen musstest", sagte sie.

Er zuckte erneut mit den Schultern.

„Du bist ein Gemütsmensch, Boss", sagte Kris Chan. Sie sah ihn mit zusammengekniffenen Augen an. „Du hast den Job angenommen, weil du sie beschützen willst."

„Ich glaube nicht, dass Lozen Graham Schutz braucht."

„Du willst sie beschützen."

„Unsinn."

„Wenn du es sagst. Kennt Graham die Geschichte?"

„Ich denke nicht. Joko hat es für mich recherchiert. Ihr Vater und seine Frau, von der Graham glaubt, sie wäre ihre Mutter, leben noch, und alle Dokumente sagen aus, dass die Ehefrau des Vaters auch die Mutter ist."

„Du weißt, Boss, du hättest sie auch einfach ansprechen und warnen können."

„Sie hätte mich für einen Spinner gehalten."

„Ausrede. Du hast keinen Mut gehabt."

Sie nahmen einen Schluck aus den Gläsern.

„Es tut mir leid, dass ich es dir nicht von vornherein gesagt habe, Kris."

„Es sollte dir auch leid tun."

„Für dich ist hier Schluss. Ich bringe die Sache allein zu Ende."

„Wie edel von dir."

„Und dann ist da noch eine Sache", sagte der Mann.

„Sag jetzt nicht, dass ich deine uneheliche Tochter bin."

„Nein, zum Glück nicht."

„Zum Glück nicht? Was ist das für eine Antwort? Ich wäre eine tolle Tochter."

Sie lachten.

„Farossi hat mir ein Angebot gemacht. Ich soll rausfinden, für wen der Alte arbeitet."

Sie schaute ihn an und zog die Stirn kraus.

„Deine Antwort dürfte klar sein", sagte Kris Chan.

Er antwortete nicht.

„Ich bin dabei", sagte sie schließlich.

„Du musst das nicht machen."

„Weiß ich. Aber ich finde unsere Zielperson sympathisch.""

„Ich bin gerührt."

„Nicht weinen, Boss, nicht weinen."

41.

Die Sonne ging unter. Der Mann saß im Dodge, unweit des Unterschlupfs von Oscar Binder. Er hatte leichtes Kopfweh. Der ‚Grüne Kobold' war schuld. Der Mann wartete auf Kris Chan. Sie hatte ihm gesimst, dass sie in zehn Minuten da sein würde. Er rief Harvey Farossi an.

„Ich machs", sagte er, nachdem sich der Berater gemeldet hatte.

„Hab ich mir gedacht. Kluge Entscheidung."

„Kluge Entscheidung? Warum sagst du das?"

„Nur eine Redewendung."

„Was, wenn ich ‚nein' gesagt hätte?"

„Spielt das eine Rolle?"

„Absolut. Also?"

„Dann hätte ich dich erinnern müssen."

„An was?"

„Dass du wegen Mordes gesucht wirst."

Der Mann schwieg. Okay, Harvey Farossi wusste über Sana Gaston Bescheid. Woher auch immer. Es sollte ihn nicht überraschen.

„Du hast deine Spuren gut verwischt, aber nicht so gut, mein Freund."

„Ich bin unschuldig."

„Wer ist das nicht?"

Geschlagen. Ausgeliefert. Zum Glück hatte er vorher zugesagt. Besser freiwillig als erpresst. Er wechselte das Thema.

„Weißt du, für wen ich Graham überwache, Harv?"

„Nein."

„Wie schön. Es gibt etwas, was du nicht weißt."

„Genieß den kleinen Sieg."

Der Mann erzählte von Dave Ormston.

„Interessant", sagte Harvey Farossi.

„Interessant? Das ist alles, was du zu sagen hast?"

„Anscheinend hat der Auftraggeber von Ormston und Tricky Dick schon mal was mit Lozen zu tun gehabt. Von denen, die kandidieren, trifft das nur auf Joel Kraft zu und den kannst du vergessen."

„Warum?"

„Er hat eigene Leute, um solche Angelegenheiten durchzuführen. Er braucht den Alten nicht."

„Sicher?"

„Ganz sicher. Kann natürlich sein, dass er ohne sein Wissen unterstützt wird."

„Aber woher dann die Überzeugung, dass Lozen Stress machen könnte?"

„Gute Frage."

„Ich bin nicht schlauer als vorher."

„Du hast ein zu hohes Anspruchsdenken."

„Blabla."

„Also: Wir wissen, dass der Alte Lozens Fähigkeiten kannte und er dich als Absicherung angeheuert hat, damit sein oder seine Auftraggeber ständig über Lozens Aktivitäten Bescheid wussten."

„Diese Sache ist komplex."

„Das ist sie in meiner Welt immer."

„Harv, ich würde gerne mit Ormston sprechen."

„Der sitzt im Knast."

„Deshalb frage ich dich."

„Auch wenn ich nicht glaube, dass es viel bringen wird: Ich schau, was ich machen kann."

„Danke."

„Dafür nicht."

Ein rotes Taxi hielt.

„Ich muss Schluss machen", sagte der Mann und legte auf.

Kris Chan stieg aus dem Taxi und setzte sich zu ihm in den Dodge.

„Worum geht es?"

Er zeigte zum Haus, in dem Oscar Binder verschwunden war.

„Da steckt der mögliche Minutemen21."

„Okay." Sie schaute zum Haus. „Wie gehen wir eigentlich mit unserem ursprünglichen Auftraggeber um?"

„Erst einmal machen wir nichts. Wahrscheinlich müssen wir das auch nicht. Mit Ormstons Verhaftung ist der Kontakt abgebrochen. Ich habe seit seiner Verhaftung keine neue E-Mail-Adresse für den täglichen Bericht bekommen."

„Jemand anderes wird sich melden."

„Dann schauen wir mal."

„Klingt durchdacht."

„Absolut. Wir können dann den Alten durch Falschinformationen steuern. Ein Vorteil."

„Du hast doch bestimmt schon vorher keine vollständigen Berichte abgeliefert."

„Du hast mich durchschaut."

„War nicht so schwierig."

„Aber du siehst, eigentlich ändert sich nichts für uns."

„Hm."

„Warum schaust du so skeptisch?"

„Es ist nichts. Was ist mit den Kameras bei Graham?"

„Lassen wir erst mal, wo sie sind."

Sie stiegen aus dem Wagen.

„Was jetzt?"

„Geh zur Tür, klingele und gib dich als Polizistin aus", sagte der Mann und zog sich eine Sturmhaube über den Kopf.

„Die alte Hintertür-Nummer, okay."

Kaum hatte sie geklingelt, kam Oscar Binder aus der Tür auf der Rückseite des Gebäudes gestürmt, wo der Mann wartete und ihn mit einem Schlag in den Bauch beruhigte. Er fesselte die Hände von Oscar Binder mit einem Kabelbinder, schleifte ihn ins Haus, warf ihn auf den Boden und ließ seine Mitarbeiterin rein.

Der Mann schaute sich um. Offenbar hatte Oscar Binder das Haus möbliert gemietet. Billige Einrichtung. Leere Regale. Hellbraune Auslegware. Die einzigen persönlichen Gegenstände standen auf dem Wohnzimmertisch: ein Thermobecher und ein Laptop Marke Eigenbau, der an einen gigantischen Monitor angeschlossen war.

Der Mann schaute zu Oscar Binder am Boden. Er trug ein schwarzes T-Shirt mit dem Totenkopflogo eines bekannten Superhelden. Sein Gesicht glänzte. Der Mund zuckte nervös. Er hatte Angst. Gut. Der Mann zog ein Karambit-Klappmesser am Fingerring aus der Hosentasche, wobei die Klinge aufsprang. Er wusste, dass Lozen Graham auch eines trug. Vermutlich mochte sie wie er die klauenförmige Klinge. Die hatte etwas Fieses und Böses.

Er kniete sich neben Oscar Binder, stellte die Aufnahmefunktion des Smartphones an, hielt ihm das

Karambit an die Kehle und fragte, wer Minutemen21 beauftragt habe. Oscar Binder riss die Augen auf. Sagte, er wisse nicht, wovon er rede. Der Mann verpasste ihm mit dem Messer einen Kratzer. Half nicht. Im Gegenteil. Oscar Binder begann zu singen. Ein Traditional über den Tod. Der Mann schlug den Sänger k. o..
„Ich hol den Wagen", sagte Kris Chan.

Das Verhalten von Oscar Binder war seltsam gewesen, dachte der Mann. Der Typ war verrückt oder verrückt vor Angst. Der Mann schaute sich um. Im Bad entdeckte er Medikamente im Schrank unter dem Waschbecken. Die Packungen feinsäuberlich gestapelt. Es waren zwei Sorten. Er steckte zwei Packungen ein.

Der Mann trug den Hacker zum vorgefahrenen Dodge, warf ihn in den Kofferraum und stieg ein. Kris Chan fuhr los. Er zeigte ihr die Medikamente und fragte, ob sie was damit anfangen könne.
„Sind Antidepressiva und Benzodiazepine."
„Woher weißt du das?"

„Ein Freund von mir litt an posttraumatischen Belastungsstörungen und hat das Zeug geschluckt."

„Hm."

Sie brachten den mutmaßlichen Minutemen21 ins Belhaven. Im Kellergeschoss gab es drei spezielle Zimmer, die der Mann und Joko Uwais eingerichtet hatten. Vollpension. Kein Kontakt nach draußen. Kabelfernsehen mit 381 Sendern. Kein Internet.

42.

Seit Rumänien war der Mann in keinem Gefängnis gewesen. Die Central Detention Facility in Hill East war ein riesiger roter Kasten, monströs, massiv und megahässlich. Als er einparkte, hatte er ein ungutes Gefühl. Eine ältere FBI-Agentin mit grauen Haaren und grauem Anzug wartete am Eingang, begrüßte ihn mit Handschlag, nannte aber ihren Namen nicht und führte ihn durch die Sicherheitskontrollen zu einem Raum, vor dem ein Wächter stand. Sie öffnete die Tür. Dave Ormston saß in orangefarbener Gefängniskluft an einem Tisch. Laut Kris Chans Recherchen war er achtunddreißig Jahre alt. Keine Ehefrau, keine Ex-Ehefrau, keine Kinder, einen Bruder in Glasgow. Vier Jahre bei Scotland Yard, hauptsächlich bei der Drogenfahndung. Vor elf Jahren in die USA gekommen.

„Sie haben eine Viertelstunde", sagte die FBI-Agentin und verließ den Raum. Der Mann schaute sich um.

Keine Kameras, keine Mikros, kein Verhörzimmer typischer Einwegspiegel. Das war der Deal. In Räumen wie diesen hatte er sich in Rumänien vor den Kämpfen aufgewärmt.

„Sie müssen gute Verbindungen haben, dass man Sie zu mir lässt", sagte der Engländer zur Begrüßung.

Der Mann setzte sich.

„Was kann ich für Sie tun?", fragte Dave Ormston.

„Sie arbeiten für Kraft."

„Kraft?"

„Mr. Ormston."

Der Engländer lächelte, sagte aber nichts.

„Mein Fehler, dass ich es nicht überprüft habe", sagte der Mann.

„Fehler? Es war Ihnen einfach egal. Menschen wie wir arbeiten für Geld. Für wen, spielt kaum eine Rolle."

Der Mann widersprach nicht.

„Außer diese Graham. Bei der bin ich nicht sicher", sagte der Engländer.

Ein Schweigen entstand.

„Wo finde ich die anderen Mitglieder der Horde?"

„Woher soll ich das wissen?"

„Mr.Ormston, ich kenne die Aufnahmen."

„Die Masken gibt es überall zu kaufen. Die Horde ist populär. Es ist Halloween."

Der Mann wechselte das Thema.

„Wer hat Sie und Henry Krowbar angeheuert?"

„Wer ist Henry Krowbar?"

„Ihr Arbeitgeber."

„Schauen Sie auf mein Konto. Da finden Sie keine Gehaltszahlung von einem Mr. Krowbar. Ausserdem: Warum ist das wichtig für Sie? Wenn Sie für mich arbeiten und ich für diesen Krowbar, hätten wir dann nicht denselben Boss?"

Der Engländer lächelte und zog die Augenbrauen hoch.

„Oder haben Sie etwa die Seiten gewechselt?"

„Diebstahl, Körperverletzung, Totschlag. Ihnen drohen Knast und Ausweisung. Ich bin sicher, ich kann da was tun."

„Sie sind ein Mann ohne Namen und Gesicht. Was können Sie schon tun?"

„Ich bin hier reingekommen."

„Ich bin nicht vorbestraft. Die Gefängnisstrafe wird nicht lang sein."

Das Gespräch führte zu nichts.

„Mich würde wirklich interessieren, warum wir dieses Gespräch führen", sagte der Engländer.

Der Mann stand auf, verließ den Raum und das Gefängnis. Er fühlte sich erleichtert, als draußen war.

Als er im Wagen saß, schaute er im Internet nach, ob der Engländer bei den Masken die Wahrheit gesagt hatte, und tatsächlich gab es diverse Seiten und Läden, die sie anboten. Krank. Er fuhr zum Fathers Foundation Institute, das seinen Sitz in einem sechsstöckigen modernen Glasbau hatte, und löste Kris Chan ab, die Brenda Lupoff seit dem Morgen überwacht hatte.

Der Mann schaltete das Radio ein und schüttete sich aus einer Thermoskanne einen Kaffee ein. Einen Block weiter parkte ein Kleinlaster. Kris Chan hatte ihn auf den Wagen aufmerksam gemacht. Er gehörte den Slackern. Sie hatte einen von ihnen gesehen, als er ausgestiegen war, um zu rauchen.

Wegen Harvey Farossis Auftrag hatte der Mann in der Nacht versucht, die Finanzierung der Denkfabrik von Brenda Lupoff und Carl Denvers zu verstehen. Eine Aufgabe, die ihn überfordert hatte. Es war ein nicht nachzuvollziehender Geldfluss. Verschiedene Stiftungen, gemeinnützige Organisationen und Handelsverbände spendeten, die wiederum von Stiftungen, gemeinnützigen Organisationen und Handelsverbänden finanziert wurden. Wer tatsächlich dahintersteckte, war nicht zu erkennen. Verschleierung war das Wort, das dem Mann dazu einfiel.

Gegen sechs Uhr abends verließ Brenda Lupoff das Institut. Sie trug einen blauen Mantel mit Kunstpelzkragen, Baguette-Tasche und hochschaftige Stiefel. Sie stieg in ein Taxi, fuhr durch halb Washington und stieg beim ‚Chiba' aus, ein Pop-up-Store für Mode. Der Mann hatte irgendwo darüber gelesen, weil Popstars, Hollywoodschauspieler und Influencer dort einkaufen gingen.

Als Brenda Lupoff auf das Geschäft zustrebte, fuhr der Slacker, der ihr auch gefolgt war, weg. Vermutlich hielt er es für überflüssig, seiner Zielperson beim Shoppen zuzuschauen. Anders der Mann. Er wollte ein detailliertes Bild von Brenda Lupoff. Er folgte ihr ins Chiba. Ein seltsamer Schuppen. Dunkles diffuses Licht, Tapeten mit psychedelischen Mustern, Art Déco-Lampen und abgenutzte Holztische. Angestellte in Miniröcken und Overknee-Stiefeln, Gingham-Kleidern und Beehives. Die Klamotten hingen an den verschiedensten Garderobenständern, statt wie üblich auf Tischen oder in Regalen zu liegen. Die Musik bestand aus Remixes von Sixties-Hits und aktuellen Retro-Songs. Ein guter Ort für ein Treffen, weil er unübersichtlich und voll war. Da aber Brenda Lupoff wegen ihres konservativen Kleidungsstils aus der übrigen Kundschaft hervorstach wie eine Großmutter im Kindergarten, war es einfach, ihr zu folgen. Sie ging in den zweiten Stock, wo sie eine breitschultrige Frau ansprach, die eine schwarze Mütze, ein schwarzes Minikleid mit Kragen, dazu einen gelben breiten Schlips und schwarze Strumpfhosen trug. Wegen des Umfangs ihrer Oberschenkel und Waden hielt der Mann sie für eine Bodybuilderin. Er machte ein Foto und schickte es an Kris Chan. Wenn sie wirklich eine Bodybuilderin war, würde sie sie auf den einschlägigen Seiten im Netz finden.

Die Frauen redeten eine Weile, bevor die Breitschultrige Brenda Lupoff einen Umschlag gab und sich verabschiedete. Brenda Lupoff probierte anschließend einen schwarz-weiß gestreiften engen ärmellosen Catsuit an, der von der Seite viel Brust unbedeckt ließ und ihr gut stand. Ihm fiel ein vogelähnliches Tattoo am Busenansatz auf.

Vom Chiba ging Brenda Lupoff zu einem Briefkasten, wo sie den Umschlag mit einer Briefmarke versah und einwarf. Von dort fuhr sie mit der Metro zu ihrer Wohnung, die sich unweit des Instituts in einem Apartementgebäude befand. Der Mann fragte sich, was er über die Frau erfahren hatte. Nicht viel. Sie probierte in einem trendigen Modegeschäft Klamotten an, die sie auf keinem offiziellen Anlass tragen konnte, wahrscheinlich auch nicht in ihrem Bekanntenkreis. Das hieß, sie war nicht ganz so konservativ, wie es schien. Wie ihm diese Information nutzte könnte, wusste er nicht.

43.

Mit einem Badge kam der Mann ins Bürogebäude. Die Lampen im Eingangsbereich sprangen automatisch an. Mit dem Aufzug fuhr er nach oben. Das Licht im Büroraum schaltete er nicht an. Einzige Lichtquelle waren die Monitore und die Straßenlampen der Stadt. Der Mann schaute auf die Monitore. Die Kamera im Konferenzzimmer ging nach wie vor nicht. Wie fast jeden Abend saß Nick Davout am Schreibtisch. Er hielt sich oft bis zum frühen Morgen im Büro auf, manchmal übernachtete er sogar im Konferenzzimmer. Er schien kein Privatleben zu besitzen. Wahrscheinlich war das der Preis, den ein Genie wie er zahlte: Er konnte nur arbeiten, nichts genießen. Oder sein Genuss bestand in der Arbeit. Auch möglich.

Wo Nick Davout wohnte, hatte der Mann bisher nicht herausgefunden. Kris Chan war ihm dreimal gefolgt, dreimal hatte sie ihn verloren. Der Mann hatte es auch versucht und wurde ebenfalls abgehängt. Nick Davout hatte die Metro genommen, war nach ein paar Stationen von der Red Line in die Green Line umgestiegen, wobei der Mann ihn fast aus den Augen verloren hatte, war irgendwann ausgestiegen und schließlich auf ein rotes Fahrrad des ortsüblichen Bikesharingprogramms gesprungen und weggefahren, weshalb der Mann keine Möglichkeit hatte, ihm zu folgen. Bei Kris Chan hatte Nick Davout eine ähnliche Taktik angewendet. Sicher war, er nahm nie denselben Weg nach Hause.

Der Mann fuhr den Computer hoch und ging in die Dateien, die Kris Chan angelegt hatte und schaute, was sie zu Brenda Lupoff zusammengetragen hatte: sechsunddreißig Jahre alt. Kam aus einer Industriellenfamilie. War bei den Marines gewesen. Verheiratet. Ein Sohn. Mitglied bei den Republikanern. Mitglied einer baptistischen Organisation, die in Afrika missionierte. Abschluss in Yale. Schneller Aufstieg. Anspruchsvolle Jobs. Gut vernetzt in Politik und Wirtschaft. Seit drei Jahren leitete sie die FFI. Keine Hinweise, woher sie Carl

Denvers kannte. Der Mann gab die Namen in die Suchmaschine ein. Er stieß auf Fotos von Carl Denvers Hochzeit, die Brenda Lupoff besucht hatte. Vor drei Jahren hatte er eine Ruth Manning geheiratet, die jüngste Tochter eines Milliardärs namens Gerry Manning. Sie kam dem Mann bekannt vor. Er brauchte eine Weile, bis ihm einfiel, warum. Sie war die unbekannte dunkelhaarige Frau an Adrian Wackers Fotowand gewesen. Der Mann entdeckte ein Foto, dass Brenda Lupoff, das Brautpaar und den Brautvater zeigte, ein kräftiger Mann mit schütterem Haar und Brille, der auf dem Weg war, fett zu werden.

Der Mann gähnte und überlegte, wie er weiter vorgehen sollte. Er sollte Adrian Wacker suchen. Der Mann rief die Aufnahmen auf, die er in der Wohnung des Bloggers gemacht hatte. Die Fotografien an den Wänden sahen nach Kunst aus, meistens bei Sonnenuntergang aufgenommen, mit Unschärfen und starken Kontrasten. Beim näheren Betrachten entpuppten sie sich allerdings als banale Bilder von Familienausflügen. Vielleicht war er irgendwo hingefahren, wo er einen Urlaub verbracht hatte. Der

Mann bemerkte eine Bewegung auf einem der Monitore. Jemand hatte Graham Security betreten.

Es waren Lozen Graham und Johnnie To. Was wollten sie um diese Uhrzeit im Büro? Normalerweise lagen sie abends kiffend vor dem Fernseher. Sie gingen zu Nick Davout und begrüßten ihn.
„Wie ich euch gesimst habe, habe ich in allen Räumen Kameras entdeckt. Ich gehe davon aus, dass es noch mehr gibt und wir auch verwanzt sind", sagte er zu seiner Chefin.
Der Mann fluchte. Nick Davout stand auf und zeigte Lozen Graham die Position der Überwachungskamera in seinem Büro, die in der Klimaanlage angebracht war. Er machte es sehr plakativ. Als wollte er dem Mann sagen: Dein Spiel ist vorbei. Wie er die Kamera entdeckt hatte, wusste der Mann nicht. Er rief Kris Chan an und befahl ihr, vorbeizukommen und die Ausrüstung aus dem Büro zu holen.

Lozen Graham, Johnnie To und Nick Davout begannen, die Kamera in der Klimaanlage zu demontieren. Der Mann sprang auf, lief zum Wagen, fuhr zum Haus von Lozen Graham, um die dortigen Kameras und Mikorphone zu entfernen. Sie sollte nicht das Ausmaß der Überwachung mitbekommen.

44.

Wildes Klopfen an der Tür riss den Mann aus dem Schlaf. Er schaute auf den Wecker. Es war 09:30 Uhr morgens. Viel zu früh. Er hatte sich, nachdem er die Kameras abgebaut hatte, ein Konzert im Plex angeschaut, das erst um 23:00 Uhr begonnen hatte. Müde glitt der Mann, der T-Shirt und Shorts trug, aus dem Bett, schaute durch den Türspion, sah Kris Chan und öffnete.

„Du siehst müde aus, Boss."

„Das Botox wirkt noch nicht."

Mit einer Geste bat der Mann seine Mitarbeiterin herein. Dann rief er beim Zimmerservice an und bestellte zwei Kaffee.

„Was gibts?"

„Du wirst nicht glauben, was passiert ist."

„Ich glaube wenig."

„Graham und ihr Team sind im Belhaven eingezogen."

„Wirklich?"

„Ja, wirklich."

„Zwei Mitarbeiter angegriffen, Überwachungskameras, ein nachvollziehbarer Entschluss. Außerdem müssen sie damit rechnen, dass Tricky Dick auf die Verhaftung von Ormston und die Ermittlungen gegen die Polizisten reagieren wird. Also suchen sie im Belhaven eine sichere Basis."

Kris Chan setzte sich aufs Bett.

„Eine Idee, wie er unsere Kameras entdeckt haben könnte?", fragte er.

„Ich habe mir die Aufnahmen des Tages angeschaut. Davout hat am späten Abend einen Luftfilter der Klimaanlage in seinem Raum ausgewechselt. Dabei muss er die Kamera entdeckt haben. Er zeigt auf den Aufnahmen keine Reaktion, hat aber anschließend die Filter in allen Zimmern erneuert."

„Dumm gelaufen. Die Kameras, die wir eingesetzt haben, waren die üblichen, richtig?"

„Keine Chance, durch sie eine Spur zu uns zu finden."

Es klopfte an der Tür. Der Mann schaute wieder durch den Spion, öffnete, nahm dem Kellner die Kaffee ab und schloss die Tür mit dem Fuß.

„Alles wird schwieriger", sagte der Mann und gab Kris Chan eine Tasse.

45.

Lozen Graham tanzte wild mit Johnnie To im Plex zur Musik eines DJs aus Holland. Der Mann saß an der Bar und schaute ab und zu auf sein Smartphone, um einen Liveticker des vierten TV-Duells des republikanischen Kandidaten anzuschauen, das fast zu Ende war. Er hatte das Gefühl, dass es gut für Joel Kraft aussah. Der Mann ging zwischendurch auf seinen E-Mail-Account. Nach wie vor keine Nachricht vom Alten. Offenbar hatte er noch niemanden gefunden, der die Aufgaben des Engländers übernehmen konnte.

Nach einer Stunde kamen Lozen Graham und Johnnie To verschwitzt an die Bar. Die rothaarige Barkeeperin kam und fragte, was sie trinken wollten und sie bestellten zwei Pale Ale. Lozen Graham bemerkte, wie der Mann sie musterte und sah ihn misstrauisch an.
„Kennen wir uns?", fragte sie.

„Nein."

„Ich kenne dein Gesicht."

Er konnte sich nicht vorstellen, woher, und zuckte lächelnd mit den Achseln.

„Ich bin einer der Besitzer des Belhaven und ich weiß, dass Sie das Paket ‚Small' gewählt haben."

Sie sah ihn skeptisch an. Die Rothaarige brachte das Bier und einen Wein.

„Geht auf mich", sagte der Mann und sie nickte.

„Danke."

„Keine Ursache. Die Zimmer sind in Ordnung?"

„Absolut." Sie lächelte ihn an. „Das Hotel und die Zimmer sind moderner eingerichtet, als ich gedacht habe."

„Sie müssen wissen, sie steht auf älteres Material", sagte Johnnie To.

„Tatsächlich?", sagte der Mann.

„Das Gespräch läuft in die falsche Richtung", sagte sie.

„Läuft es das nicht immer?"

Lozen Graham lachte und ging mit Johnnie To zurück zur Tanzfläche. Eine Push- Mail erschien auf dem Display seines Smartphones. Das TV-Duell war zu

Ende. Joel Kraft galt bei den meisten Beobachtern als Sieger.

46.

Der Mann verband im Hotelzimmer das Smartphone mit dem Laptop, lud die Aufnahmen herunter, die er in der Wohnung von Adrian Wacker gemacht hatte und sah sie sich erneut an. Beim wiederholten Sichten fiel ihm auf, dass auf den Fotos im Hintergrund oft ein rotes Neonzeichen in Form eines Hummers zu sehen war, das auf einem einstöckigen Gebäude angebracht war. Hummer gab es in Maine, Key West, Baja California. Er sah sich die Fotos erneut an. Die Motive sahen weder wie Westküste noch wie Florida oder nach dem Pine Tree State aus. Er ging zum Wagen und fuhr zur Wohnung von Adrian Wacker, in der Hoffnung, einen Hinweis über die Herkunft des Hummers zu entdecken.

Die grüne Haustür war aufgebrochen. Der Mann ging hinein. Jemand hatte die Wohnung durchsucht. Die Möbel waren verschoben, die Kissen aufgeschlitzt und die Küchenschränke geöffnet. Die Lebensmittel aus dem Kühlschrank lagen auf dem Boden und der Wandteppich war heruntergerissen worden. Der Mann ging in den kleinen Raum im Keller. Die Fotos, ausgedruckten Schlagzeilen, Blätter und Post-Its lagen zerrissen auf dem Boden. Er trabte wieder nach oben. Die Fotos hingen unberührt an der Wand. Er nahm die Aufnahmen ab, auf denen das Gebäude mit dem Neonzeichen zu sehen war, und schaute sich die Rückseite an. Manche Menschen schrieben auf Fotos Ort und Datum. Der Blogger gehörte nicht dazu. Dann stieß der Mann auf ein Foto, das kein Foto, sondern eine Postkarte war. Die Ortsangabe war auf die Rückseite gedruckt. Ein Restaurant auf City Island, New York. Er kannte die Insel nicht. Er schaute mit dem Smartphone im Internet nach. Die Insel gehörte zum Stadtteil Bronx. Der Mann schüttelte ungläubig den Kopf. Die Eltern von Adrian Wackers Freundin lebten in New York City. Vertrautes Terrain, verständliche Entscheidung, aber dämlich. Er schrieb Kris Chan. Sie sollte herausfinden, ob die Schwiegereltern des Bloggers auf der Insel eine Wohnung besaßen.

Der Mann fuhr zurück ins Hotel. Auf dem Weg fuhr er an einem Stand vorbei, der Masken der Horde anbot. Er parkte und kaufte zwei dunkelgraue, von denen eine einen roten Punkt auf der Stirn hatte.

47.

Lozen Graham holte sich mit Johnnie To, nachdem sie wieder ausgiebig getanzt hatten, an der Bar einen Whiskey, mit dem sie durch die Glastür aufs Dach gingen. Vermutlich, um zu kiffen, dachte der Mann, als er wieder zurückkam. Die Rothaarige kam zu ihm.
„Die Frau, die eben mit dem niedlichen Kleinen raus aufs Dach ist, möchte dich sprechen", sagte sie.
„Tatsächlich?"
„Ja. Hat sie gesagt."
Er glitt vom Barhocker und öffnete die Glastür. Eng umschlungen, mit einer Decke über den Schultern, standen Lozen Graham und Johnnie To kichernd an der Brüstung und rauchten tatsächlich einen Joint.
„Entschuldigung", sagte der Mann.
„Danke, dass Sie gekommen sind", sagte Lozen Graham.

Johnnie To reichte ihm den Joint. Er nahm ein paar Züge und gab ihn Lozen Graham.

„Was kann ich für Sie tun? Ist was mit dem Zimmer nicht in Ordnung?", fragte er, nachdem sie einen Zug genommen hatte.

„Ihr kifft gemeinsam und siezt euch? Pervers", sagte Johnnie To.

Der Mann musste grinsen.

„Ich bin Lozen. Wie heißt du?"

„Winston, Winston Fitzroy."

„Winston? Ehrlich? Den Namen hast du nicht von deiner Mutter."

„Der, der meinen Pass und meinen Führerschein hergestellt hat, besitzt einen schrecklichen Geschmack, was Namen angeht."

„Warum gute Fälscher immer so exzentrisch sein müssen", sagte Johnnie To.

„Ich werde dich nicht Winston nennen."

„Das tut niemand."

Sie reichte ihm den Joint und er nahm weitere Züge.

„Einer für drei bringt nichts", sagte Johnnie To, „ich dreh uns noch einen."

„Also: Worum geht es?", fragte der Mann.

„Ich dachte, dieses Hotel ist neutraler Boden", sagte sie.

„Ist es."

„Wirklich?"

„Ja, wirklich."

Sie sah ihn an.

„Mein Büro wurde überwacht. Ein paar Tage zuvor, am Tag der Beerdigung, hat eine junge Asiatin mit langem blondem Pferdeschwanz und einem Tattoo auf der Wange mich beschattet. Sie war gut. Kennst du sie zufällig?"

Der Mann war verblüfft und schwieg.

„Ich war erstaunt, als meine Mitarbeiterin, die wiederum die Asiatin beobachtet hat, und zu meinem Bedauern zwischenzeitlich verloren hatte, erzählte, sie hätte sie in diesem Hotel gesehen."

Der Mann schwieg konsequent weiter.

„Sie hat sich mit einem älteren Mann unterhalten. Meine Mitarbeiterin hat Fotos gemacht. Der Mann war nicht zu identifizieren. Bis du vor mir standest und dich als Besitzer des Belhaven vorgestellt hast."

„Ich glaube, jetzt brauchst du deinen eigenen Joint", sagte Johnnie To und gab ihm einen angezündeten. Er nahm einen Zug.

„Also?", fragte Lozen Graham und zog ihre Heckler & Koch P9S, mit der sie zwischen seine Beine zielte.

„Ich habe dein Büro nicht überwacht."

„Und ich halte keine Waffe in der Hand."

Er konnte ihr nicht erzählen, dass er ursprünglich im Auftrag des Alten gehandelt hatte. Sie würde ihn deshalb nicht gleich erschießen, aber sie würde ihm niemals vertrauen. Warum er wirklich den Auftrag angenommen hatte, konnte er auch nicht preisgeben. Sie würde ihm nicht glauben. Nicht zu diesem Zeitpunkt. Nicht in dieser Situation. Die einzige Möglichkeit, die Situation zu entspannen, bestand in einer Variante der Wahrheit, dachte der Mann. Deshalb erzählte er von Sana Gaston, wie er sie kennengelernt und wie er sie verloren hatte. Er erzählte davon, dass er erst vor Kurzem erfahren habe, wer die Killer geschickt hatte, dass es Henry Krowbar gewesen sei und er bei seinen Recherchen auf Lozen Graham und ihr Team gestoßen sei und die Kameras installiert habe. Eine sentimentale Lüge, die sie hoffentlich schlucken würde.

„Du siehst nicht aus wie jemand, der Rache nimmt. Du bist keine dieser Pro-Bono-Amateure", sagte sie.

„Wenn ich Rache wollte, wäre ich zu ihm hingefahren und hätte ihm eine Kugel in den Kopf geschossen."

„Hm."

„Derjenige, der mich über Tricky Dick informiert hat, will wissen, für wen der Alte dieser Tage arbeitet."

„Und du kannst natürlich nicht sagen, wer diese Person ist."

„Ich kann ihn fragen, ob es ihn stören würde."

„Bitte."

„Ich ziehe mein Telefon aus der Tasche."

„In Zeitlupe bitte."

Er zog langsam, mit zwei Fingern, sein Smartphone aus der Hosentasche und schrieb Harvey Farossi, dass Lozen Graham mit einer Waffe auf seinen Unterleib ziele und wissen wolle, für wen er arbeite. Es dauerte nicht lange und es kam die Antwort:

„Sie hat dich am Arsch."

‚Nicht hilfreich", schrieb er zurück.

„Sags ihr", lautete die nächste Textnachricht.

„Ich arbeite für Harvey Farossi."

„Harv?"

Sie war also die andere Person, die den Berater Harv nannte.

„Hätte ich mir denken können. Das ist eine typische Harv-Geschichte. Kompliziert und undurchschaubar."

„Er liebt so was."

„Ihr kennt euch gut?"

„Wir haben das eine oder andere Bier getrunken."

„Wir auch, aber das weißt du vermutlich."

„Jup."

„Du weißt, für wen ich im Augenblick arbeite?"

„McKay"

Sie sah ihn an.

„Es ist eine Frage des Vertrauens", sagte sie.

„Es ist eine Frage des Vertrauens", sagte der Mann.

„Ich werde mit Harv sprechen."

„Natürlich."

Beide zogen intensiv an ihren Joints und musterten sich.

„Weißt du, dass ich bei Tricky Dick eingebrochen bin?", fragte der zugekiffte Johnnie To den Mann.

„Er weiß es bestimmt", sagte Lozen Graham und steckte die Waffe weg.

48.

Der Mann war froh, als er nach dem neunzigminütigen Flug von Washington D.C. nach New York im Flughafen eine Tasse dampfenden Kaffee kaufen konnte. Er war mit einer alten Frachtmaschine gekommen. Miese Klimaanlage. Kaputte Temperaturreglung. Es war verdammt kalt gewesen. Die Frachtmaschine gehörte dem russischen Mafiosi. Seitdem er ihm geholfen hatte, konnte er kostenlos in dessen Maschinen reisen. Dabei benutzte er für die Sicherheitskontrollen einen russischen Pass. Der kam ebenfalls von dem Gangster, der ihm alle drei Monate einen neuen zukommen ließ.

Am Ausgang des Flughafens wartete eine junge Frau mit grünem Haar, schwarzem Overall und Rollkragenpullover, die ihn zu einem alten grauen Sedan im Parkhaus führte, ihm den Schlüssel zuwarf und verschwand. Über die Interstate 678, den Bronx und Pellham Roadway und die City Island Road fuhr der Mann zur Insel. Der letzte Teil der Fahrt gefiel ihm, weil sie größtenteils durch einen bewaldeten Park führte. Die Eltern des Bloggers besaßen ein Haus auf der Carol Street, hatte Kris Chan herausgefunden.

Roter Backstein, weißes Holzdach, ein kleiner Garten, nichts Spektakuläres. Der sechsjährige Carl spielte Ball mit seiner Mutter. Der Mann parkte und stieg aus. Die Frau bemerkte ihn und sah ihn beunruhigt an.
„Können wir sprechen?", fragte er, während er die Pforte öffnete und in den Garten trat.
„Carl, geh ins Haus", sagte sie zu ihrem Sohn.
Der Junge lief ins Haus. Der Mann blieb stehen. Er wollte der Frau nicht noch mehr Angst einjagen.
„Es ist wichtig. Ihre Wohnung in D.C. wurde durchsucht."
„Von wem?"
„Keine Ahnung."
Sie sah ihn unsicher an.
„Zur Schwester zu gehen war dumm, hierher zu kommen nicht viel klüger", sagte er.
Sie verschränkte die Arme vor der Brust.
„Wo ist Adrian?", fragte er.

„Nicht hier."

Der Mann lächelte. So kam er nicht weiter. Er gab ihr eine Visitenkarte.

„Sprechen Sie mit ihm. Sagen Sie ihm, dass ich dieselben Leute kriegen will wie er."

„Warum sollten wir Ihnen glauben? Wir kennen Sie nicht."

Der Mann mochte es nicht, wenn Paare von sich im Plural sprachen. Er hatte das Gefühl, die Menschen gaben ihre eigene Identität auf.

„Ich könnte Sie jetzt mitnehmen und niemand würde es verhindern."

„Das wäre Entführung."

„Wenn ich zu denen gehörte, vor denen Sie und Ihr Mann Angst haben, wäre es mir egal. Ich würde Sie in den Wagen werfen, foltern und früher oder später würden Sie mir mitteilen, wo sich Adrian aufhält."

Sie riss die Augen auf.

„Rufen Sie mich an", sagte er, drehte sich um, ging zurück zum Wagen, stieg ein und fuhr los. Als er im Rückspiegel zum Haus blickte, war Deidre Ventura im Haus verschwunden. Der Mann fuhr die Straße hoch, bis er vom Haus aus nicht zu sehen war, parkte und ging wieder ein Stück zurück.

Eine Viertelstunde später kam eine grauhaarige Frau, klopfte an der Tür, Adrian Wackers Freundin öffnete, begrüßte die Grauhaarige und ließ sie ins Haus. Kurz darauf kam Deidre Ventura, die ein Baseballcappy und ein Kapuzenshirt trug, heraus und ging Richtung Küste. Die grauhaarige Frau war offenbar eine Babysitterin aus der Nachbarschaft.

Der Mann folgte Deidre Ventura bis zum Ende der Straße. Vor einem Tor blieb sie stehen. ‚Privatstrand. Nur für Mitglieder' stand auf einem Schild. Links neben dem Tor gab es eine Eingangstür. Deidre Ventura besaß einen Schlüssel. Sie ging den Strand entlang in Richtung eines Anlegers. Das Meer sah grau, fies und bedrohlich aus. Der Mann schaute sich um. Direkt neben dem Tor waren links und rechts Einfamilienhäuser. Niemand hielt sich im Garten auf oder war durch die Fenster im Inneren zu sehen. Er kletterte etwas ungelenk über das Tor und folgte der Frau.

Ein Typ stand am Anleger, mit schulterlangen Haaren, es war also nicht Adrian Wacker. Er und Deidre Ventura umarmten sich, gingen zu einem Motorboot am Ende des Anlegers, stiegen ein und fuhren los. Der Mann fluchte und begann zu laufen. Wenn er nicht schnell ein Boot fand, war sie weg. Während er lief, schaute er auf den Anleger. Keine RIBs, Runabouts oder Weekender. Im Wasser ankerte ein weißes Glasfaserboot mit Außenbordmotor. Er schaute zu Deidre Ventura und ihrem Begleiter. Sie bewegten sich zum Glück nicht allzu schnell vorwärts.

Er erreichte den Anleger, rannte ihn entlang, machte einen mächtigen Sprung und landete gerade so eben im Glasfaserboot. Er brachte den Motor zum Laufen und folgte Deidre Ventura und ihrem Begleiter. Sie fuhren Richtung Süden, um City Island herum. Nach einer Weile sah er eine weitere Insel. Nicht sehr groß. Der Mann rief eine Landkarte auf seinem Smartphone auf. Nannte sich ‚Hart Island'. Kannte er nicht. Er schaute nach: unbewohnt. Sperrgebiet. Eine Meile lang, nicht mal eine halbe breit. Gefängnis während des Bürgerkriegs, später gab es eine Nervenheilanstalt, heute der Armenfriedhof von New York mit 800.000 Toten. Im Volksmund nannte man sie die Insel der verlorenen Seelen. Das klang einladend.

Nebel kaum auf und nahm schnell zu. Deidre Ventura und ihr Begleiter fuhren zu einem verrotteten Anleger, stiegen aus dem Boot und gingen in Richtung einer Ruine aus rotem Stein. Ein perfekter Unterschlupf, dachte der Mann. Mit einem Boot war man schnell in New York und Long Island. Er würde sich ihn merken.

Nicht weit entfernt, unterhalb des Anlegers, legte er an und folgte den beiden. Aus der Ruine trat eine Gestalt. Sah aus wie Adrian Wacker. Zu dritt gingen sie weiter. Der Nebel nahm zu. Der Mann folgte ihnen durch eine bizarre Umgebung. Zerfallene Häuser, graue blätterlose Bäume, irgendwann passierte er zwei weiße Engel aus Stein, zwischen denen eine Frauengestalt stand, auch weiß, auch aus Stein. Dahinter der Armenfriedhof, ‚Potter's Field'.

Rechteckige weiße Steine ragten aus dem Boden. Jeder stand für 150 Leichen, sagte das Internet.

Deidre Ventura, Adrian Wacker und ihr Begleiter gingen zum Ufer, wo sie stehen blieben und in den Nebel schauten, hinter dem Long Island lag. Sie unterhielten sich. Der Mann ging langsam auf sie zu. Als er keine 200 Fuß entfernt war, bemerkte ihn der Blogger, der daraufhin angstvoll seine Frau umarmte. Der Begleiter mit den langen Haaren baute sich angriffsbereit auf.
„Ich bin keine Bedrohung", sagte der Mann.
Den Begleiter interessierte es nicht.
„Verpiss dich", sagte er.
Der Mann ging weiter. Als er auf Armlänger heran war, schlug der Begleiter zu. Der Mann wich aus und trat ihm das Standbein weg. Der Begleiter fiel zu Boden. Der Mann stellte den rechten Fuß sanft auf seinen Kehlkopf.
„Ich bin keine Bedrohung."
Deidre Ventura und Adrian Wacker sahen ihn mit aufgerissenen Augen an.

„Ich will wissen, wer McKay aus dem Rennen geworfen hat. Ich glaube, Mr. Wacker, dass Sie mir helfen können."

Der Begleiter griff dem Mann ans Fußgelenk.

„Sagen Sie ihrem Freund, Ms. Wacker, dass er sich nicht bewegen soll. Es sei denn, er möchte ins Krankenhaus."

„Leo, bleib einfach liegen."

Die Hand löste sich vom Fußgelenk. Der Mann lächelte.

„Brav, Leo", sagte er.

In der Ferne hörte der Mann das Signalhorn eines Schiffes.

„Sie haben gesagt, dass Sie uns in Ruhe lassen, wenn er nichts sagt", sagte Deidre Ventura.

„Wer?"

„Ein Typ und eine Frau mit wahnsinnigen Waden."

Der Mann musste an die Frau im Chiba denken.

„Sie schweigen und Ihnen geschieht nichts, das ist der Deal?"

„Deshalb sind wir weg aus D.C."

„Solche Leute sagen eine Menge. Man weiß nie, wie lange sie zu ihrem Wort stehen."

„Das müssen Sie ja sagen."

„Es geht um viel. Da zählen Adrian, Sie und ihr Sohn nichts."

„Und für Sie schon?"

„Für mich bedeuten Sie nichts. Aber für meinen Auftraggeber. Das heißt, ich werde alles tun, damit Sie am Leben bleiben und mein Boss bekommt, was er will."

In dieser Aussage entdeckte die Frau offenbar ein Stück Wahrheit, das ihr Vertrauen gab. Sie sah zu ihrem Mann. Erneut war das Signalhorn eines Schiffes zu hören.

„Sie werden nichts von Idealen, Demokratie und Selbstbestimmung erzählen", sagte Adrian Wacker.

„Nein, ich glaube, das ist Ihr Spezialgebiet."

„Halten Sie diese Insel nicht für ein gutes Versteck?"

„Sie wäre Spitzenklasse. Wenn nicht die Schwiegereltern in der Nähe wohnen würden."

„Für wen arbeiten Sie?"

„Das ist vertraulich. Aber ich kann Ihnen versichern, dass er und Sie bis zum Ende des Wahlkampfes denselben Feind haben."

Adrian Wacker schaute nachdenklich.

„Haben Sie keine Meinung?", fragte er.

„Meine Meinung deckt sich grundsätzlich mit der meines Auftraggebers."

Wieder schien die Frau in dieser Aussage ein Stück Wahrheit zu entdecken, wieder sah sie zu ihrem Mann.

„Lassen Sie uns einen Kaffee trinken", sagte Adrian Wacker.

49.

Im Kellerraum, der vermutlich früher Teil der Nervenanstalt gewesen war, brannte ein Feuer in einem alten Kamin, vor dem der Mann, Deidre Ventura, Adrian Wacker und Leo saßen. Es war erstaunlich warm in dem Gewölbe, fand der Mann. Sie tranken Espresso, den der Blogger mit einer Caffettiera auf einem Campingkocher gemacht hatte. Der Boden war voller Schutt. Neben dem Kamin lag eine aufgeblasene Luftmatratze, auf der ein Schlafsack und Bücher lagen.

„Es begann vor fast zwei Jahren. Ein unbekannter, nicht sehr vermögender rechtskonservativer Politiker in meinem Heimatstaat, der sich um einen Sitz im Kongress bemühte, erschien überproportional häufig in den Medien. Aufwendige Wahlkampfspots, Social-Media-Kampagnen gerichtet gegen Konkurrenten, vereinzelte Cyberattacken, dazu Provokateure bei Wahlkampfveranstaltungen. Viele Artikel kamen von einer Journalistin namens Francine Welsh, die sehr positiv über den Politiker schrieb. In den Umfragen sah es eine Zeit lang gut aus. Bis Aufnahmen aus seiner Studienzeit im Netz zirkulierten, die ihn im Ku-Klux-Clan-Kostüm zeigten. Er verlor. Ich habe mich gefragt, wer seinen Wahlkampf finanziert hatte, wer dafür gesorgt hatte, dass er ‚Talk of the Town' geworden war. Der Politiker hat sich geweigert, mit mir zu sprechen, und ich habe mich dann an die Welsh gehängt."

„So kamen Sie zu Brenda Lupoff und Carl Denvers."

„Stimmt. Und dann kamen die Primarys, die Vorwahlen. Quellen von mir erzählten von Provokateuren, Social-Media-Kampagnen, Viren und Trojanern. Es war ähnlich wie bei den Wahlen in meinem Heimatstaat. Und mittendrin die Welsh."

„Haben Sie etwas herausgefunden?"

„Nicht viel. Es ist total undurchsichtig."

„Und was glauben Sie?"

„Dass es eine Person oder eine Personengruppe gibt, die dahintersteckt, die die Ereignisse beeinflusst und steuert. Ich glaube, dass wir es mit einem geheimen Spendernetzwerk zu tun haben, die Millionen Dollar investieren, um Feldzüge zu finanzieren, in denen es darum geht, ihr Weltbild zu verbreiten."

„Und Elvis und Michael Jackson leben noch."

„Es ist keine Verschwörungstheorie."

„Wenn Sie es sagen."

Der Blogger war beleidigt.

„Was ist Black Phoenix?", fragte der Mann.

„Ich weiß es nicht. Ein Symbol, eine Gruppe. Ich bin Oscar Binder und Carl Denvers eines Abends in eine Kneipe gefolgt und da haben die beiden angestoßen und dabei gesagt: ‚auf Black Phoenix'."

„Denvers kennt Binder?"

„Sie kennen Binder?"

„Ja. Ein Hacker."

„Das wusste ich nicht. Er spielt Badminton mit Denvers und hält als Computerexperte gelegentlich Vorträge für die FFI."

„Hm."

„Irgendwie scheint jeder der Beteiligten sich zu kennen."

Der Mann wusste nicht, was er erwidern sollte. Er nippte an seinem Kaffee. Der Geruch des Feuers drang in seine Nase. Er mochte ihn. Feuer war etwas

Schönes, etwas Reinigendes. Er musste an Lozen denken.

„Wann wurden Sie das erste Mal bedroht, Mr. Wacker?", fragte er.

„Es gab eine Buchpräsentation der Welsh in South Dakota, kurz nachdem ich Denvers und Binder in der Kneipe getroffen habe. Ich habe ihr ein paar unbequeme Fragen gestellt. Einen Tag später kam ein Anruf, jemand sagte mir, ich solle mich um meinen Dreck kümmern. Ich habe die Drohung ignoriert, habe zu McKay Kontakt aufgenommen. Darauf ist die Schlägerin mit den dicken Waden aufgetaucht."

„Was wollten Sie von McKay?"

„Das erzählen, was ich Ihnen gerade erzählt habe."

„Hm."

„Sie haben uns echt Angst gemacht", sagte Deidre Ventura. Wieder dieser Plural, dachte der Mann.

Er nannte dem Ehepaar eine Adresse in Brighton Beach in New York City, wo sie hingehen sollten. Ein Hotel, das dem russischen Gangster gehörte.

„Rufen Sie keine Verwandten an, keine Freunde. Wenn Sie telefonieren müssen, benutzen Sie Pre-Paid-Handys."

„Glauben Sie tatsächlich, es ist nicht sicher auf dieser Insel?", fragte der Blogger.

„Wie gesagt: Sie zu finden, war einfach. Und sehen Sie: Ich habe gelesen, dass Häftlinge die Gräber auf Potter's Field ausheben. Wer sagt Ihnen, dass nicht jemand denen Geld zahlt, um Sie umzulegen?" Der Mann wusste, dass das sehr, sehr weit gedacht war, aber er wollte dem Paar Angst machen. „Gehen Sie zu der Adresse. Wenn Sie etwas benötigen, rufen Sie die Nummer auf meiner Visitenkarte an."

„Wie lange müssen wir da bleiben?", fragte Deidre Ventura.

Der Mann sah sie an.

„Wahrscheinlich nicht länger, als der Wahlkampf dauert."

„Wahrscheinlich?"

„Absolute Sicherheit gibt es nicht."

Erneut schien die Frau ein Stück Wahrheit in seiner Aussage zu entdecken, wieder sah sie zu ihrem Mann.

50.

„Was will Graham?", fragte Kris Chan.

„Vielleicht dir beibringen, wie man erfolgreich Leute beschattet", sagte der Mann, der gegen Mittag ins Belhaven zurückgekehrt war.

„Nicht witzig, Boss."

„Oder sie hat einen Mantel gekauft, der dich unsichtbar macht."

„Nicht witzig, Boss."

„Seit wann bist du humorlos?"

Sie saßen im Plex, das noch nicht geöffnet hatte, und bedienten sich an der Bar. Unten auf der Bühne probte eine britische Sängerin, die von sich meinte, sie wäre heißer Scheiß.

„Was anderes. Ich brauche Hintergrundinfos über den Verlag der Welsh."

„Okay", sagte Kris Chan.

Lozen Graham betrat mit Karen Seymour und Johnnie To die Bar. Sie musterte kurz Kris Chan, dann nickte sie dem Mann zu.

„Was zu trinken?", fragte er.

„Nein, danke."

„Also?"

„Wenn du die Wahrheit sagst, könnte eine Zusammenarbeit Sinn machen", sagte sie.

„Aber?"

„Ich will einen Vertrauensbeweis."

„Hat Harv nicht für mich gebürgt?"

„Er hat gesagt, dass du gefährlich bist. Und eine ehrliche Seele."

„Er hat ‚ehrliche Seele' gesagt?"

„Was er genau gesagt hat, ist nicht relevant. Harv hat immer Hintergedanken – und in diesem Fall will ich eines: Klarheit."

Er hatte mit so was gerechnet und holte einen Stick in Form eines Außerirdischen aus ‚Star City' aus der Hosentasche.

„Ich habe Wacker gefunden und einen möglichen Minutemen21."

„Fleißig."

Er warf ihr den Stick zu. Sie zog die Augenbrauen hoch.

„Was?", fragte er.

„Das reicht nicht."

„Anspruchsvoll, was?"

„Einfach ein paar Daten wären ein billiger Vertrauensbeweis."

„Ich soll nachlegen."

„Ist besser."

„Gut. Mach ich."

Der Mann nippte am Wasser. Die britische Sängerin wiederholte ihre Behauptung, sie wäre heißer Scheiß.

„Sie ist lustig", sagte Lozen.

„Heißer Scheiß eben."

Sie lachte.

51.

„Kommen Leute wirklich ins Hotel, um Geister zu sehen?", fragte Lozen Graham.

„Absolut. Im Sommer und zu Weihnachten machen wir sogar Führungen", sagte der Mann. Er führte Lozen Graham durch die Büroräume hinter der Rezeption zu einem Fahrstuhl. Mit einer Tastenkombination öffnete der Mann die Tür. Sie stiegen ein und der Mann gab auf der Tastatur in der Kabine eine weitere Zahlenfolge ein, worauf sich der Fahrstuhl in Bewegung setzte.

„Du magst keine Aufzüge, oder?", fragte sie.

„Sieht man das?"

„Ja, sieht man."

Der Fahrstuhl hielt. Sie waren im Untergeschoss, in dem die Spezialzimmer lagen.

„Warum erzählst du mir einfach so von diesen geheimen Zimmern?"

„Die wolltest einen echten Vertrauensbeweis."

„Mein Vertrauen gewinnen, indem du mir dein illegales Privatgefängnis zeigst, in dem du einen Typen gegen seinen Willen festhältst?"

„Absolut."

„‚Absolut' ist mein Wort."

„Ich wusste nicht, dass Wörter Eigentümer haben."

Sie gingen einen Gang entlang. Auf einem Tisch lagen die zwei Masken der Horde. Er nahm die mit dem roten Punkt und zog sie über den Kopf. Sie folgte seinem Beispiel.

Der Mann sah auf die Uhr.

„Noch fünf Minuten", sagte er.

„Was ist in fünf Minuten?"

„Kris hat ihm einen Cocktail aus Barbituraten gespritzt. Bis die Wirkung einsetzt, dauert es ein bisschen."

„Ein Wahrheitsserum?"

„Das geht schneller."

„Was machen wir jetzt so lange?"

„Erzähl mir einen Schwank aus deinem Leben."

„Die kennst du bestimmt alle."

Als sich die Tür, durch die seit Tagen nur Essen durch eine Klappe im unteren Bereich geschoben wurde, öffnete und Lozen und der Mann eintraten, riss Oscar Binder die Augen auf, sprang vom Bett und starrte seine Besucher an, als wäre er von Außerirdischen entführt worden. Er trug nur eine Jogginghose. Eine Narbe zog sich über seine Brust.

Dem Hacker waren die Tage allein nicht gut bekommen. Er hatte dunkle Ränder unter den Augen, weil er nicht schlafen konnte wegen des Lärms in seinem Kopf. Spätestens nach zweiundsiebzig Stunden ohne menschlichen Kontakt fängt das Gehirn an, sich Fragen zu stellen. Die generieren eine nicht zu stoppende Kakofonie im Kopf und das löst Panik aus. Um den Prozess zu beschleunigen, hatte der Mann den Kabelanschluss gekappt. Er kannte sich seit dem Knast in Rumänien mit Isolation aus. Ihr zu entgehen, war einer der Gründe gewesen, zu kämpfen. Bei Oscar Binder kam hinzu, dass er seine Medikamente nicht bekommen hatte.
„Ich will hier raus", sagte Oscar Binder. Er nuschelte leicht, was der Mann den Barbituraten zuschrieb.

„Gehören Sie zu Minutemen21?"

Der Gefangene antwortete nicht.

„Namen, Adressen."

Oscar Binder rieb sich die Nase und setzte sich aufs Bett.

„Sie können mich nicht ewig in diesem Gefängnis behalten."

„Warum nicht?"

Er sah zu ihnen hoch.

„Wie lange war der Typ aus Seoul in diesem Zimmer?", fragte Lozen Graham den Mann.

„Drei Jahre, glaube ich."

Sie improvisierte. Es macht Spaß mit ihr, dachte der Mann.

„Das können Sie nicht tun", sagte der Gefangene.

„Sie sind in diesem Raum, weil Sie etwas getan haben, was wir nicht tun würden", sagte Lozen.

Oscar Binder ließ den Kopf hängen und begann zu weinen.

„Also?"

„Was hat mir die Schlampe vorhin gespritzt?"

„Vitamine."

Oscar Binder hob den Kopf und begann, hysterisch zu lachen.

„Bei mir wirkt so ein Scheiß nicht."

„Gehören Sie zu Minutemen21?"

Der Gefangene verzog sein Gesicht, als hätte er Schmerzen. Er schwitzte. Der Mund zuckte. Als habe er ein Eigenleben, als wolle er antworten, aber noch hatte Oscar Binder ihn unter Kontrolle.

„Gehören Sie zu Minutemen21?"

Das Gesicht wurde zur Fratze. Der Mund zuckte stärker als zuvor. Doch Oscar Binder hatte nach wie vor die Überhand. Der Mann war beeindruckt von der Widerstandsfähigkeit. Er schnipste mit dem Finger, worauf ein aggressives Metal-Stück eingespielt wurde, und wiederholte die Frage. Der Mund blieb stumm. Der Mann stellte die Frage wieder und wieder und wieder. Er wollte schon aufgeben, als der Mund endlich gewann.

„Minegishi."

Der Mann schnipste und die Musik war aus.

„Was ist ein Minegishi? Ein veganes Fischstäbchen?", fragte der Mann.

„Spike Minegishi."

„Wer ist das Fischstäbchen? Wo finden wir es?", fragte Lozen.

Oscar Binder hielt sich den Mund zu.

„Wer ist das?"

Der Mund blieb stumm. Der Gefangene hatte ihn wieder unter Kontrolle.

„Mehr wird er uns nicht sagen. Er hat einen zu starken Willen oder ist trainiert", sagte Lozen.

52.

Durch das Oberlicht stiegen Lozen und der Mann in ein altes Fabrikgebäude ein. In dem wohnte, laut Nick Davout, der einzige in Washington wohnhafte Spike Minegishi. Der Gesuchte lebte bemüht jung und hip, etwas schmuddelig, etwas zu gewollt. Die Unterkunft war ein Loft. Es gab eine Raumteilung durch Regale und Pflanzen. Bad und Klo befand sich in separierten Zimmern. An den Wänden hingen alte und neue Skateboards und großflächige Fotografien von Skatern.

„Den Park, in dem diese Fotos gemacht wurden, kenne ich", sagte Lozen. „Der ist gleich in der Nähe."
Im Zentrum des Lofts stand eine grobe albtraumhafte Statue aus Holz, die einen vogelartigen Muskelmann darstellte und auf einem Sockel stand, der an die Gargoyles des Belhaven erinnerte. Lozen stürzte sich auf die Computer, von denen es drei gab – ein Laptop, ein Tablet und eine Spielkonsole – und steckte sie in ihren Rucksack, um sie Nick Davout zu bringen. In

einem asiatisch aussehenden Schränkchen fand sie eine Festplatte, die sie ebenfalls einpackte, und eine Waffe, die sie hochhielt.

„Was ist das für eine?", fragte er.

„Beretta M9, wird seit Jahren von den Streitkräften benutzt. Ich hatte eine upgedatete Version im Irak."

„Hilft uns das weiter?"

„Denke nicht."

Der Mann sah einen Plattenspieler, auf dem eine Vinylscheibe lag. Er spielte sie ab. Ein Rapper erklärte, dass dieses Album all seinen Lehrern gewidmet sei, die nie geglaubt hätten, dass er es zu etwas bringen würde. Klassischer 1990er-Sound. Musik zeigte oft das Alter eines Menschen. Der Gesuchte war also wahrscheinlich Mitte, Ende dreißig.

Der Mann schaute sich weiter um. Im Kühlschrank Bier, Wodka, Energy- und Eiweißdrinks und Tofu. Der Schlafbereich bestand aus einer Liegewiese mit Kissen und Decken. Im Bad entdeckte er Antidepressiva und fragte sich, ob posttraumatische

Belastungsstörungen bei Hackern besonders häufig vorkamen.

53.

Regen. Ein Skatepark in Hill East, in der Nähe des Lofts. Es war nicht viel los. Zu nass, zu spät. Der Skatepark schloss bald. Musik lief. Der Mann schnappte eine Textzeile auf. ‚Wer bist du, dass du mir sagst, wie ich leben soll?‘ Gute Frage. Ein paar Kids übten Kunststücke. Ein Mädchen rutschte einen Betonblock herunter.

„Was macht sie da?", fragte der Mann.

„Einen Frontside 50-50", sagte Lozen.

Sie standen hinter einer Baumgruppe und blickten zum Skater-Park. Beide hatten die Kapuzen ihrer Hoodies über den Kopf gezogen.

„Vermisst du es?", fragte der Mann Lozen, die ihm auf dem Weg erzählt hatte, dass sie in ihrer Jugend in der Skaterszene gewesen war.

„Manchmal."

„Fährst du noch?"

„Selten."

„Siehst du Freunde von damals?"

„Nein. Die sind Bürger mit Kindern geworden. Nicht mein Umfeld."

„Versteh ich."

„In welcher Szene hast du dich früher rumgetrieben?"

„In der die Mitglieder spätestens mit dreißig tot waren."

Sie gingen zu den Skatern. Sie kannten den Gesuchten. Sie beschrieben ihn als schlank und durchtrainiert mit blonden Haaren. Fanden ihn irgendwie traurig, weil er viel älter war als sie und trotzdem mit ihnen abhing. Akzeptierten ihn, weil er ihre Boards in seiner Werkstatt reparierte und coole Fotos von ihnen machte. Hatten ihn seit über einer Woche nicht gesehen. Lozen erkundigte sich, ob sie Aufnahmen von ihm hätten. Viel gab es nicht. Der Gesuchte mochte es nicht, abgelichtet zu werden. Sie zeigten ihr Smartphone-Videos. Spike Minegishi war nicht zu erkennen, weil entweder ein Kapuzenshirt oder eine Bandana das Gesicht verbarg oder er mit dem Rücken zur Kamera stand.

„Du hättest eines der Boards ausprobieren können", sagte Mann, als sie zum Wagen gingen.

„Alter Mann, man muss wissen, wann seine Zeit vorbei ist."

54.

Ein nacktes Pärchen tanzte lasziv zu monotoner Elektromusik. Manchmal bewegten sie sich eng beieinander, manchmal weit voneinander entfernt. Kein Schnitt, keine Ranfahrten, keine Detailaufnahmen. Die Aufnahmen waren aufwendig bearbeitet worden und ähnelten dadurch eher einem Trick- als einem Realfilm. Die Akteure waren nicht zu erkennen, weil Gesichter bekannter Prominenter über ihre Köpfe gelegt worden waren, die aussahen, als ob sie jemand mit einem Buntstift gemalt hätte. Um sie herum flogen Vögel, die explodierten.
„Was ist das?", fragte Lozen, „Sex als Kunst?"
„Warum nicht? Da ist doch dieser Fotograf, der 2.000 Nackte in Ghent fotografiert hat", sagte Johnnie To.
„Gibt es nicht diese Nacktkünstlerin, die mit Farbe gefüllte Eier aus ihrer Vagina herausgepresst hat?", fragte der Mann.
„Ihr solltet Kunstkritiker werden", sagte Lozen.

Sie saßen im Hotelzimmer des Mannes und schauten auf den Monitor eines Laptops. Auf der Festplatte waren sie auf die Kunstfilme gestoßen.

„Was machen wir damit?", fragte Johnnie To. „Ans Museum of Modern Art schicken?"

„Vielleicht später", sagte der Mann.

Es klopfte an der Tür. Er öffnete, Kris Chan trat ein und schaute auf den Laptop.

„Wie kuschelig. Ihr schaut gemeinsam Pornos."

„Das ist Kunst", sagte Johnnie To.

„Ich war letztens in Valencia, da hatte ein Typ eine Skulptur aufgestellt, die zwei beim Oralsex zeigt."

„Noch eine Kunstexpertin", sagte Lozen.

„Kunst soll nicht nur hinterfragen, sondern auch anregen", sagte der Mann.

„Ich kriege Kopfweh."

Der Mann stoppte das Video.

„Was sagen uns diese Filmchen?", fragte er.

„Mir kommen sie wie verfilmte Albträume vor", sagte Johnnie To.

„Passt zu den Antidepressiva, die du gefunden hast", sagte Lozen.

„Schon wieder Antidepressiva?", fragte Kris Chan.

„Depression ist eine Volkskrankheit", sagte der Mann.

„Was könnte sein Trauma sein?", fragte Lozen.

„Keine Ahnung."

„Bei diesem Typen passt nichts zusammen."

„Stimmt."

„Wissen wir eigentlich mittlerweile, wie der Typ aussieht?", fragte Johnnie To.

„Keine Fotos in der Wohnung oder auf dem Rechner. Die Bilder auf seinen Social-Media-Accounts zeigen einen Superhelden mit dem Kopf eines Falken", sagte Lozen.

„Wir jagen ein Phantom."

„Von dem wir noch nicht einmal wissen, ob es unser Phantom ist."

55.

„Hat Davout was Neues über diesen Minegishi?", fragte der Mann am Abend des nächsten Tages. Er saß mit Lozen an der Theke des Plex, das in einer Stunde öffnete. Der Mann war müde. Am Morgen war er mit Johnnie To in die Wohnung von Brenda Lupoff eingebrochen und hatte versteckte Kameras und Mikrofone angebracht. Danach hatte er kompliziertes Zeug recherchiert.

„Neues? Nicht wirklich", sagte Lozen. „Er hat einen Lebenslauf zusammengestellt. Nicht sehr spannend. Schule, Marines, Informatikstudium, verdient sein Geld als Entwickler von Computerspielen. Ledig."

„Straftaten?"

„Nach dem Ausstieg bei den Marines vor sechzehn Jahren ein paar Mal verhaftet worden. Alkohol und Drogen. Ist dann zu einem Psychologen gegangen."

„Erklärt die Antidepressiva."

„Wir wissen nach wie vor nicht, ob er der richtige Minegishi ist."

„Ich glaube, er ist unser Mann."

„Das Blöde am Glauben ist, dass er so irrational und unlogisch ist."

„Tiefsinnig."

„Nicht wahr?", fragte Lozen und lächelte. „Bist du weitergekommen, alter Mann?"

„Ein bisschen. Ich groove mich langsam auf das Niveau von Washington ein. Welsh Buch, die Verfilmung, die Comicversion, pünktlich zu den Wahlen. Wirkt wie eine geplante Kampagne. Also habe ich mir angeschaut, wer der Besitzer des Buchverlages ist."

„Was ist rausgekommen?"

„Der Verlag hängt mit der FFI zusammen und wird von Gerry Manning finanziert."

„Den Namen kenne ich."

„Er ist der Schwiegervater von Carl Denvers. Die Lupoff war auf der Hochzeit."

„Ein Millionär hat einen Verlag. Das ist normal."

„Er ist Milliardär."

„Trotzdem nicht ungewöhnlich."

„Ich habe Wacker angerufen."

„Was hat er gesagt?"

„Er hat Artikel über Manning geschrieben. Er finanziert, laut Wacker, Studien, Buchprojekte und Reportagen. Anders als die meisten Sender und Zeitungen, die sich heutzutage keine Journalisten mehr leisten, die ein halbes Jahr an einer Geschichte recherchieren, würde Manning seinen Autoren die Zeit geben."

„Sagt Wacker."

„Sagt Wacker. Weil Manning so am Ende eine fundierte Geschichte veröffentlichen kann, die zwar eine klare Haltung hat, die aber jedes linke Blatt auf seine Richtigkeit überprüfen kann."

„Klingt clever."

„Das ist nicht alles", sagte der Mann. „Wacker behauptet, dass Manning auch genau das Gegenteil tut, Geld in Websites steckt, die es mit Fakten locker sehen. Er glaubt, dass Manning ‚American Vanguard' finanziert."

„Wie alles bei diesem Wacker hört es sich nach einer Verschwörungstheorie an."

„Manchmal haben solche Theorien einen wahren Kern."

„Was wissen wir über Manning?"

„Verdient sein Geld mit Papier und Verpackungen und ist einer der größten Anteilseigner von ‚Stark Oil', einer Öl-Firma, die immer wieder durch Verstöße gegen den Umweltschutz auffällt."

„Mit denen hatte ich mal zu tun."

„Das Pipelineleck in Chayton."

„Du weißt zu viel über mich."

Der Mann lächelte.

„Was gibts sonst Wissenswertes über Manning?", fragte sie.

„Sechsundsiebzig Jahre alt, Witwer, eine Tochter. Ist Republikaner. Eher öffentlichkeitsscheu. Hatte vergangenes Jahr einen schweren Herzanfall."

„Wie traurig."

Der Mann ging hinter die Theke und holte zwei Cola aus dem Kühlschrank.

„Und wie war dein Tag?", fragte er.

„Ich habe die Polizisten besucht."

„Und?"

„Einer war nicht zu Hause, der andere hat die Tür zugeworfen, als er gesehen hat, dass ich da stand."

„Er wusste also, wie du aussiehst."

„Offensichtlich."

„Was wissen wir über die Bullen?"
„Durchschnittliche Lebensläufe, unterdurchschnittliche Karrieren. Beide sind verschuldet, was wahrscheinlich erklärt, warum sie bereit waren, die Aufnahmen der Überwachungskameras zu übersehen. Laut Todd ermittelt jetzt die Interne gegen sie."

Die Rothaarige kam die Treppe hoch, legte kurz die Hand auf die Schulter des Mannes, lächelte, ging hinter die Theke, stellte Musik an – eine Frau sang davon, dass sie und ihr Lover Diamanten im Himmel seien – und begann, mit ihrem Kollegen die Bar für den Abend vorzubereiten
„Sie steht auf dich", sagte Lozen.
„Warum will mich in letzter Zeit jeder verkuppeln?"
„Einsame alte Männer sind traurig."
„Siehst du, wie jung sie ist?"
„Hey, wenn du ein geiler alter Bock bist und sie einen Vaterkomplex hat, ist es die perfekte Paarung."
„Du solltest eine Datingseite gründen."
„Schick Fotos von der Verlobung."

56.

„Die Daten auf den Rechnern beweisen, dass Minegishi Minutemen21 ist", sagte Nick Davout. Er, Lozen, der Mann und Kris Chan saßen in einem Konferenzsaal des Belhaven.
„Inwiefern?", fragte der Mann.
„Ich glaube nicht, dass Sie Details verstehen würden."
„Ich auch nicht. Aber es geht ums Prinzip."
Nick Davout sah den Mann herablassend an.
„Sonst noch was, Nick?", fragte Lozen mit einem genervten Unterton.
„Ich habe seine Social-Media-Accounts überprüft. Es gibt seit gut einer Woche keine neuen Einträge, obwohl er davor täglich Posts rausgelassen hat."
„Die Kunstfilmchen?"
„Ich habe sie von einer Psychologin analysieren lassen. Sie tippt auf einen traumatisierten Veteranen oder Polizisten oder Feuerwehrmann", sagte Nick Davout.
„Okay."

„Gab es was in der Werkstatt, von der die Skater erzählt haben?"

„Der Briefkasten ist seit Längerem nicht geleert worden" sagte der Mann.

„Wie lange?", fragte Nick Davout.

„Von den Poststempeln ausgehend eine gute Woche."

„Es ist immer derselbe Zeitrahmen. Was war vor einer Woche?"

„Da habe ich Binder erwischt."

„Wahrscheinlich ist er danach untergetaucht."

57.

„Er hat das geilste Zeug gemacht. Völlig krank, völlig ungewöhnlich, total brutal. Nach wie vor hatte er seine beste Idee bei ‚Vulture'. Auf Level 14 gab es dieses Duell mit dem Zombie-Cyborg, dem man im Laufe des Kampfes die Gesichtshaut abreißen konnte und dann auf einen metallischen bluttriefenden Schädel geschaut hat. Und der Teamplay-Modus bei ‚Birdshock War' ist bis heute unerreicht."
„War er ein guter Kollege?", fragte Lozen. Sie und der Mann waren zu Hazard gefahren, die Firma, für die Spike Minegishi arbeitete.
„Er hat von zu Hause aus gearbeitet", sagte Geoff Frank, der Chef von Hazard. „Wenn ich ihn getroffen habe, war er ruhig und sachlich."
Geoff Frank schmunzelte. Er saß mit Lozen und dem Mann in seinem Büro, in dem ein funktionierender Flipper und ein funktionierender ‚Space Invaders'-Automat standen, das Festnetztelefon die Form eines

Dinosauriers hatte und an der Decke Minions und Zombieköpfe hingen.

„Ist Ihnen was eingefallen?", fragte Lozen.

„Er ist vor einigen Jahren tatsächlich mal zu einer Betriebsfeier gekommen. War der Launch von ‚Battle of the Bulge II: Sniper Story'."

„Starkes Spiel", sagte Lozen.

„Wirklich?", fragte der Mann.

„Ein Egoshooter über einen US-Soldaten im Dritten Weltkrieg", sagte Lozen.

„Genau, gute Geschichte", sagte Geoff Frank.

„Was ist auf der Feier passiert?"

„Nach der Präsentation des Spiels ist er nicht wie sonst gegangen, sondern hat getrunken. Ich meine, richtig getrunken. Er hat mir erzählt, dass er Soldat gewesen ist und ihn ein Angreifer aufgeschnitten hätte. Da wusste ich auf einmal, warum er so kranke geniale Ideen hatte."

„Haben Sie zufällig ein Foto von ihm?"

„Nein. Das heißt, ich müsste mal auf unserem LukOut-Account schauen, vielleicht finde ich noch die Bilder von der Feier."

58.

„Wenn das nicht Corporal Graham ist."

„Scheiße, Goran, haben sie dich immer noch nicht unehrenhaft entlassen?"

Lieutenant Goran Hickman, ein drahtiger Typ mit Bürstenhaarschnitt, erhob sich hinter dem Schreibtisch. Er hatte einen Kugelschreiber zwischen den Zähnen.

„Immerhin haben sie begriffen, dass du im Feld nichts taugst und dich zum Bürohengst degradiert", sagte Lozen.

„Immer noch eine große Klappe, was Graham?"

Lieutenant Goran Hickman saß in der Verwaltung des Marine Corps. Geoff Frank hatte nichts auf dem LukOut-Account gefunden. Deshalb hatte Lozen vorgeschlagen, es direkt über die Marines zu versuchen, wo sie jemanden aus ihrer Army-Zeit kannte. Der hatte sie an den Lieutenant verwiesen. Lozen hatte laut geflucht, als sie den Namen gehört hatte.

Lieutenant Goran Hickman setzte sich wieder und nahm den Kugelschreiber aus dem Mund. Den Mann ignorierte er.

„Ich suche einen ehemaligen Marine."

„Habe gehört, du machst jetzt in Sicherheit."

„Das stimmt."

„Ich habe auch gehört, dass du immer noch gerne abdrückst. Hast du es noch drauf?"

„Gib mir eine Waffe, lauf 1.000 Yards und ich zeige es dir."

„Echt witzig, Graham."

„Dein Sinn für Humor war schon immer Mist."

Lieutenant Goran Hickman lehnte sich zurück, legte die Füße auf den Schreibtisch, grinste und ließ den Kugelschreiber geschickt zwischen den Fingern hin- und hergleiten.

„Wie heißt der Marine, den du suchst?"

„Spike Minegeshi."

„Willst du ihm was anhängen?"

„Ich will ihn finden und mit ihm reden."

„Wann ist er ausgestiegen?"

„Vor sechzehn Jahren."

„Ich kann nicht einfach Daten herausgeben, aber ich schaue, was ich tun kann."

„Danke."

„Für dich immer, Graham," sagte Lieutenant Goran Hickman und steckte den Kugelschreiber wieder in den Mund.

„Was war das für eine Nummer?"; fragte der Mann, als sie im Wagen saßen.

„Goran Hickman ist ein Arsch. Hat Kameraden im Irak feige im Stich gelassen. Ich konnte es damals aber nicht beweisen. Der Wichser ist aalglatt."

„Aber du hast ihm eine Abreibung verpasst."

„Traust du mir so was zu?"

„Sicher."

Sie grinste.

„So oder so, auch wenn er es gesagt hat: Er wird nichts für mich tun."

„Was jetzt?"

„Ich kenne da noch jemanden."

59.

„Schwester, dass wir uns so oft in so kurzer Zeit sehen. Und jetzt sogar außerhalb eines Gruppentreffens. Muss ich mir Sorgen machen?", fragte der Afroamerikaner, der ihnen die Tür geöffnet hatte. Der Mann erkannte ihn. Es war Omar Meze, der Leiter der Selbsthilfegruppe.
„Ja, absolut, Bruder. Ruf die anderen an. Ich will alles erzählen. Offen und ehrlich."
„Das wäre ja mal ein Fortschritt", sagte Omar Maze mit einem breiten Grinsen und forderte sie mit einer Geste auf, einzutreten. Er wohnte in einem heruntergekommenen Appartmentgebäude unweit von Lozens Haus. Auf der Fahrt zu ihm hatte sie den Mann gefragt, ob er wisse, wer Omar Maze war, und er hatte sich für die Wahrheit entschieden und genickt. Nach einer Weile hatte sie ihn gefragt, was er davon halte, dass sie zu einer Selbsthilfegruppe ging, und er hatte geantwortet, dass, wenn man Hilfe brauche, man sie sich holen solle, woraufhin sie wiederum gefragt

hatte, ob er glaube, dass sie Hilfe brauchte, was er verneint hatte. Für die Lüge bekam er den Mittelfinger gezeigt.

Omar Meze wohnte in einem möblierten Apartment mit grauer Auslegware. Die Vorhänge waren zugezogen. Es roch nach einem billigen Raumduft. Der Fernseher lief. Die Wiederholung des dritten Spiels der laufenden World Series. Der Veteran stellte den Ton ab und bat Lozen und den Mann, auf einem durchgesessenen Sofa, über dem ein bunter Quilt lag, Platz zu nehmen. Dann holte er aus dem Kühlschrank ein Sixpack Bier, das er auf den Sofatisch, neben seine Handprothese, stellte. Dann setzte er sich in einen alten Sessel mit Kunstlederbezug.
„Bedient euch", sagte er.
Sie nahmen sich jeweils eine Flasche, öffneten sie und stießen an.
„Was bist du?", fragte Omar Meze den Mann. „Du hast die Augen eines Soldaten, aber du bist keiner."
„Er würde nie für sein Land die Gesundheit riskieren. Seine Kämpfe finden in Nachtclubs und Hinterhöfen statt", sagte Lozen.

„Oft verletzt worden?"

„Dreimal angeschossen. Die Stich- und Schnittwunden zähle ich nicht mehr."

„Du bist jederzeit in unserer Gruppe willkommen."

„Bei Bedarf komme ich gerne auf das Angebot zurück."

„Gut", sagte der Veteran, trank einen Schluck, sah Lozen an und fragte, was sie von ihm wolle. Lozen erklärte die Situation. Sie hatte dem Mann erzählt, dass Omar Meze in verschiedenen Veteranenverbänden und in der Szene gut vernetzt sei. Wenn einer etwas jenseits der offiziellen Kanäle herausfinden konnte, dann er.

„Dass der Scheißer Goran immer noch dabei ist", sagte Omar Meze kopfschüttelnd, als Lozen mit ihren Ausführungen fertig war.

„Das habe ich auch gedacht."

Er schüttelte nochmal ungläubig den Kopf.

„Also, Omar, kannst du uns helfen?"

„Du willst, dass ich mich umhöre, ob jemand einen Spike Minegeshi kennt, und rausfinden, wo sein Einsatzgebiet war und mit wem er in einer Einheit gewesen ist, habe ich das richtig verstanden?", fragte er.

„Ja, das ist es. Aber ich muss dich warnen. Es ist nicht ganz ungefährlich. Einer meiner Mitarbeiter ist tot, ein anderer liegt im Koma."

„Bist du eigentlich sicher, dass die Art der Arbeit noch die Richtige für dich ist?"

„Du klingst wie mein Psychiater."

„Wir haben denselben Job."

„Dies ist kein Gruppentreffen."

„Ich weiß."

„Und wir sind nicht allein."

„Nur wenn man offen über seine Probleme reden kann, kann man sie lösen."

„Ich liebe es, wenn du mit Psychogeschwafel loslegst."

„Ich weiß."

Die beiden lächelten sich an.

„Also, Bruder? Was sagst du?"

„Natürlich mache ich es, Schwester."

60.

Kaputte Gestalten an der Bar, ein Linoleumboden mit Löchern, Sitzecken mit abgewetzter roter Kunstlederpolsterung, der Geruch von abgestandenem Bier und Duftbäumen. Die Wiederholung des dritten Baseball-Match der laufenden World Series lief auch hier. Der Ton des Fernsehers über der Bar war laut gestellt. Der Reporter und der obligatorische Experte quatschten, was das Zeug hielt. Der bullige Barkeeper mit Glatze und Vollbart und unterhielt sich mit einer dürren Rentnerin mit schlecht sitzender Perücke. Gegenüber der Theke hing das Neonzeichen eines Bierherstellers, das nicht funktionierte.

„Da ist er", sagte Lozen zum Mann.

Am Ende der Bar saß ein unrasierter Kerl in grauer Stoffhose und brauner Lederjacke, der auf das halbvolle Glas Bier vor sich starrte. Er schwitzte und sah todmüde aus. Es war der zweite Polizist. Lozen und der Mann waren nach dem Besuch bei Omar Meze zu ihm gefahren und hatten ihn nicht angetroffen. Ein Nachbar war aufgetaucht und hatte ihnen von der Kneipe erzählt, in der er seine freie Zeit verbrachte.

Der Polizist bemerkte sie und glitt vom Barhocker.
„Ich rede nicht mit Ihnen", sagte er zu Lozen, als sie vor ihm stand.
„Woher wissen Sie, wer ich bin?"
„Rob hat von Ihrem Besuch erzählt."
Rob war der andere Polizist.
„Hat er mich so genau beschrieben, dass sie mich gleich erkannt haben?"
„Verschwinden Sie."
„Wer hat Ihnen mein Bild gezeigt?"
Der Polizist setzte sich.
„Wer hat Ihnen mein Bild gezeigt?"
Der bullige Barkeeper tauchte auf und blähte den Brustkorb auf.
„Gibts Probleme, Vic?"
„Vic hat keine Probleme", sagte Lozen.
Der Barkeeper sah ihr in die Augen, dachte nach, ließ die Luft aus dem Brustkorb und zog sich zurück. Der Mann fühlte sich überflüssig.

„Also, Vic, wie lief es ab?", fragte sie.

Der Polizist kratzte sich hinter dem rechten Ohr.

„Vic, es ist vorbei. Die Interne ermittelt gegen Sie. Sie werden Ihren Job verlieren."

„Was mache ich dann?"

„Ich weiß es nicht, Vic."

Der Polizist trank einen Schluck Bier. Er rieb sich am Kinn.

„Ich brauchte die Kohle. Ich hab Roy T 8.000 geschuldet."

Lozen interessierte nicht, wer dieser Roy T war und weshalb er ihm was schuldete.

„Wie war die Kontaktaufnahme?"

„Simpel. Ein Anruf. Sie hatten meine Nummer irgendwoher. Ein Treffen. Ein Angebot, das ich nicht ablehnen konnte."

Vic lächelte müde.

„Wie sind die auf Sie gekommen?"

„Keinen blassen. Hat mich auch nicht interessiert."

„Wen haben Sie getroffen?"

„So eine Bodybuilder-Schnalle."

Wieder die Frau aus dem Chiba. Kris Chan hatte bisher die Bodybuilderin vergeblich im Netz gesucht.

„Name?"

„Woher soll ich das wissen?"

„Sie sind ein Cop. Sie behaupten, Sie haben sie nicht überprüft?"

Der Mann bemerkte, dass der Barkeeper mit zwei Typen mit dicken Armen und dicken Bäuchen sprach.

„Also, Vic?"

„Ich habe den Namen vergessen. Irgendwas mit Pizza und Pasta."

„Tatsächlich?"

„Hat ein paar regionale Wettbewerbe gewonnen. Zuletzt vergangenes Jahr in Baltimore, wenn ich mich richtig erinnere. Arbeitet als Rausschmeißerin."

„Erinnerst du dich noch an mehr?"

Vic schüttelte mit dem Kopf. Der Mann schickte eine SMS mit den Informationen an Kris Chan und Nick Davout.

„Und jetzt gib dem Barkeeper und seinen Kumpeln das Zeichen, dass wir rauskommen, ohne ihnen die Nase brechen zu müssen", sagte der Mann.

61.

„Boss, es gibt Neuigkeiten von Lupoff", sagte Kris Chan.

„Tatsächlich? Hat sie Pilates geschwänzt?"

Die Überwachung von Brenda Lupoff hatte bisher nichts gebracht. Das einzige, was sie herausgefunden hatten, war, dass sie ein sehr geregeltes Leben führte, in dem jeder Tag dem anderen glich, sie zweimal in der Woche Pilates machte und ihren Ehemann kaum sah, weil sie viel arbeitete.

„Nein, sie hat nicht geschwänzt."

„Warte, ich stell dich laut, Kris", sagte der Mann, der mit Lozen im Wagen saß und darauf wartete, dass die Bodybuilderin nach Hause kam. Mit den Angaben des korrupten Polizisten hatte Nick Davout sie schnell gefunden. Sie hieß Melina Scavone.

„Also, was gibt es?"

„Lupoff hat von zu Hause telefoniert. Mit Ruth Manning in South Dakota. Die veranstaltet übermorgen eine Halloween-Party."

„Okay."

Der Mann beendete das Gespräch und schaute zu Lozen. Sie nickte. In einer Art, wie es auch Sana Gaston getan hatte.

„Ich besorge uns die Flüge", sagte er.

„Okay."

Sie parkten seit zwei Stunden vor einer heruntergekommenen Münzwäscherei an der Good Hope Road in Historic Anacostia, vor der Männer rumlungerten, quatschten und rauchten. Auf der anderen Seite war ein Gebrauchtwagenhändler, den ein hoher Gitterzaun umgab. Lozen und der Mann blickten auf ein schmutziges einstöckiges Steinhaus mit einem Schnapsladen und einem Imbiss im Erdgeschoß. Melina Scavone lebte in dem Gebäude. Tricky Dick scheint seinen Leuten nicht viel zu zahlen, hatte Lozen gesagt, als sie die Adresse gelesen hatte. Historic Anacostia gehörte nicht zu den besten Gegenden der Hauptstadt.

„Ich mag Kris und das Drachentattoo auf der Wange. Seit wann arbeitet sie für dich?", fragte sie.

„Seit vier Jahren."

„Wo hast du sie kennengelernt?"

„Bei einem Auftrag in Bangkok. Ging um illegale Muay Thai-Kämpfe und Wettbetrug."

„Was hat sie da gemacht?"

„Sie war eine der Kämpferinnen."

„Was hast du da gemacht?"

„Bodyguard des Veranstalters."

Der 92er Metrobus nach Congress Heights stoppte. Leute stiegen aus, darunter Melina Scavone, die Einkaufstaschen trug.

„Da ist sie", sagte der Mann.

Er war angespannt. Die Sache konnte nach hinten losgehen, wenn die Bodybuilderin sein Gesicht kannte. Lozen würde ihm Fragen stellen. Nicht auf die nette Weise. Was er dann tun würde, wusste er nicht. Er hoffte darauf, dass er Glück hatte und Melina Scavone beim Alten eine Frau fürs Grobe war, die nie ein Foto von ihm gesehen hatte und vielleicht noch nicht mal von seiner Existenz wusste.

Die Bodybuilderin ging ins Haus.

„Los", sagte Lozen.

Sie und der Mann stiegen aus. Er atmete aus. Das Schloss der Haustür war defekt, weshalb sie problemlos ins Gebäude kamen. Eine verdreckte Treppe, auf der ein übelriechender Kerl schlief, führte nach oben. Der Mann zögerte einen Moment, dann klingelte er. Lozen stellte sich hinter ihn. Melina Scavone öffnete die Tür, die nur einen Spalt aufging, weil sie mit einer Kette gesichert war und sah ihn misstrauisch an. Die Bodybuilderin war so groß wie er. Wahrscheinlich nicht viel leichter.

„Ich kaufe nichts", sagte sie.

„Auch kein Seelenheil?"

Glück gehabt, dachte er. Lozen kam hinter ihm hervor. Melina Scavone erkannte auch sie nicht.

„Verkauft man Seelenheil heute zu zweit?"

„Mein Name ist Lozen Graham."

Ein Zucken ging durchs Gesicht der Bodybuilderin. Den Namen hatte sie schon mal gehört.

„Mist", sagte sie.

„Ja, Mist", sagte Lozen.

Melina Scavone dachte nach. Sie gaben ihr die Zeit.

„Einen Augenblick", sagte sie schließlich mit ruhiger Stimme und schloss die Tür. Lozen und der Mann hörten, wie die Türkette aufgeschlossen wurde. Dann ließ Melina Scavone sie rein. Das Apartment war spärlich eingerichtet. Die Wände waren mit Graffitis von Monstern bedeckt.

„Deine?", fragte der Mann.

„Ja."

„Cool."

„Du weißt, warum wir hier sind", sagte Lozen.

„Ja."

„Du arbeitest für Krowbar."

„Da ihr hier seid, wisst ihr es."

„Für wen arbeitet der Alte?"

Sie sah sie an.

„Eine Frau namens Lupoff."

„Woher weißt du das?"

„Ich bringe ihr zweimal die Woche einen Bericht."

Der Umschlag im Chiba, dachte der Mann. Sein Blick fiel auf eine Maske der Horde mit großen Augen und zwei Hörnern, die auf dem Fensterbrett lag. Die Molotowcocktail-Werferin.

„Was genau ist dein Job?", fragte er.

„Ich bin für die handfesten Sachen zuständig."

„Du gehörst zur Horde und warst bei den Wackers."

„Ja, stimmt."

„Was ist an der Übergabe von Berichten handfest?", fragte Lozen.

„Das mache ich erst, seit der Engländer festgenommen wurde."

„Ormston?"

„Ja. Krowbar hat noch keinen Ersatz gefunden."

„Warum macht er es nicht selbst?"

„Der alte Mann kann nicht mehr gut gehen."

„Speichert Krowbar irgendwo die Berichte?"

„Weiß ich nicht. Telefon und Computer benutzt er so selten wie möglich. Er macht viel mündlich."

Die Bodybuilderin war, auch wenn sie nicht viel wusste, zu auskunftsfreudig, dachte der Mann. Lozen fand das offenbar auch merkwürdig.

„Warum erzählst du uns das alles so freimütig?"

Melina Scavone sah zu Lozen. ¨

„Ich hänge an meinem Leben."

„Wer nicht?", fragte Lozen. Die Bodybuilderin machte eine Lockerungsübung mit ihrem Kopf, ohne sie dabei aus den Augen zu lassen. „Also?"

„Krowbar sagt, dass du eine Killerin bist."

„Sagt er das?"

„Ja, das sagt er."

„Und das macht dir Angst?"

„Das macht mir eine Scheißangst."

Lozen lächelte, was dem Mann missfiel.

„Ich schätze Kooperation", sagte sie.

„Wie geht es weiter?" Die Bodybuilderin sah besorgt aus.

„Wenn du keine Probleme bekommen willst, behältst du diesen Besuch für dich."

Melina Scavone nickte. Der Mann hatte das Gefühl, dass die Drohung bei der Frau funktionieren würde.

62.

„Wie kommt Tricky Dick darauf, dass du eine Killerin bist?", fragte der Mann, als sie im Auto saßen.
„Ich habe eben einen schlechten Ruf."
Keine befriedigende Antwort. Bevor der Mann nachhaken konnte, klingelte ihr Smartphone. Sie war überrascht, wer anrief: Lieutenant Goran Hickman.
„Seltsam", sagte sie, nachdem sie aufgelegt hatte.

63.

„Wer ist eigentlich der Graue, den du mit dir rumschleppst? Ein Bodyguard, weil alle deine Kunden sauer auf dich sind?", fragte Lieutenant Goran Hickman.

„Goran, du hast angerufen. Können wir das ohne großes Gequatsche hinter uns bringen. Ich bin nicht in Stimmung."

„Nicht in Stimmung? Wie schade."

Sie standen beim ‚Vietnam Veterans Memorial', einer schwarzen polierten Mauer aus Granit. Die Sonne ging langsam unter. Touristen fotografierten sich und das Denkmal. Lieutenant Goran Hickman hatte am Telefon gesagt, er habe das, was sie wolle. Er war nicht allein gekommen. Er hatte einen aufgepumpten Riesen mitgebracht.

„Goran, was ist jetzt?"

Lieutenant Goran Hickman hielt sein Smartphone hoch.

„Hier drauf habe ich die Akte von diesem Minegeshi."
Er hielt das Display in ihre Richtung, ohne dass Lozen und der Mann genau erkennen konnten, was da zu sehen war. „Laut den Unterlagen ist er ein echt gefährlicher Bursche. Der größte Teil ist geschwärzt. Top Secret. Weit über meiner Geheimhaltungsstufe."

„Was willst du? Geld?"

„Nichts will ich. Du wirst die Informationen nicht bekommen."

„Ich könnte bei Popeye die Luft rauslassen und dir das Telefon einfach abnehmen."

„Wohl kaum, hier vor all den Touristen. Außerdem: Das Telefon ist passwortgeschützt. Es nützt dir nichts."

„Was soll das Ganze hier?"

„Denk nach. So schwer ist es nicht."

„So was wie eine späte Revanche?"

„Kann man so sagen."

„Armselig."

„Armselig? Ich habe Informationen, die du dringend brauchst und du kriegst sie nicht. Außerdem werde ich diesen Minegeshi kontaktieren und ihm mitteilen, dass du ihn suchst. Das wird ihm nicht gefallen. Und laut seiner Akte ist er jemand, mit dem man sich nicht anlegen will."

„Billig."

„Befriedigend." Lieutenant Goran Hickman grinste. „Ich grüße Minegeshi von dir", sagte er, drehte sich um und ging mit dem aufgepumpten Riesen Richtung Constitution Avenue. Lozen sah ihm wütend hinterher.

„Was jetzt?", fragte der Mann.

Lozen rieb sich kurz die linke Hand.

„Nick schickt dir gleich eine Nummer. Ruf an, gib dich als Veteran aus und mach einen Termin aus", sagte sie und folgte, ohne weitere Erklärungen, Lieutenant Goran Hickman. Der Mann wusste nicht, worauf das hinauslaufen sollte. Er schlenderte zur Gedenktstätte. Auf der Mauer standen die Namen der Gefallenen.

Einige Minuten später bekam er tatsächlich eine SMS von Nick Davout mit einer Telefonnummer. Er rief an. Jemand nahm ab.

„United States Marine Corps. Lieutenant Goran Hickman."

Alle klar, dachte der Mann.

„Sergeant Gabel, Sir, ebenfalls Marine", sagte er nach einem kurzen Zögern. Der Name stand vor ihm auf der Memorial Wall.

„Sergeant, darf ich Sie bitten, während der Bürostunden anzurufen?"

„Das ist nicht ganz einfach, Sir, ich bin im Einsatz ...Sie verstehen."

„Wann können Sie?"

„Vor sechs oder nach acht."

„ich schicke Ihnen einen Telefontermin. Ihr Name nochmal?"

„Sergeant Gary Lee Gabel."

„Alles klar, Sergeant."

Der Mann legte auf. Er keine Ahnung, was dieser Anruf gebracht hatte.

Es dauerte nicht lang und Lozen tauchte grinsend am Denkmal auf und hielt das Smartphone hoch. Der Mann sah sie fragend an.

„Ich habe Nick angerufen. Er hat die Nummer besorgt. Nachdem du angerufen hast, hat Goran das Telefon entsperrt. Um den Termin einzutragen. Der Rest war einfach. Ich hab es ihm aus der Hand gerissen und bin gerannt wie eine Irre."

„Was, wenn er den Termin erst im Büro gemacht hätte?"

„Das wäre blöde gewesen."

Sie grinste ihn an.

„Und? Ist die Akte tatsächlich drauf?"

„Ja, ist sie."

„Wie konntest du dir so sicher sein?"

„War ich nicht. Aber Goran war schon immer ein Idiot."

64.

Lozen rief laut `Fuck`. Sie hatten ein Foto in der Akte auf dem Telefon von Lieutenant Goran Hickman entdeckt. Es zeigte die Visage von Oscar Binder. Das hieß: Er und Spike Minegeshi waren ein und dieselbe Person. Das erklärte vieles. Deshalb gab es seit gut einer Woche keine Social-Media-Posts, deshalb war er seit gut einer Woche nicht im Skate-Park gewesen. Der Hacker hatte sie im Kreis laufen lassen.
„Ich fühle mich wie ein Idiot", sagte der Mann.
„Genieß es."
Sie lasen die Akte. Der Hacker besaß Fähigkeiten in Guerillakampf und Cyberwarfare und hatte zu einer Spezialeinheit gehört. Was die wo getan hatte, war der Datei nicht zu entnehmen, denn die meisten Einträge waren, wie Goran Hickman gesagt hatte, geschwärzt.
„Wir sollten Binder alias Minegeshi noch mal verhören", sagte der Mann.
„Zu früh. Wir wissen nichts. Ich gebe Omar die neuen Infos und das Bild."

Ihr Smartphone klingelte und sie ging ran. Ihre Gesichtszüge verhärteten sich.

„Schlechte Nachrichten?", fragte er, nachdem sie aufgelegt hatte.
„Das war das Krankenhaus. Rowan ist gestorben."
„Mein Beileid."
„Eine Floskel."
„Beim Tod gibt es nur Floskeln."
Ohne ein weiteres Wort stieg sie aus und ging davon.

65.

Gegen 03:00 Uhr morgens riss das Klingeln des Smartphones den Mann aus dem Schlaf.
„Guten Morgen", sagte Lozen.
„Weißt du, wie spät es ist?"
„Ich würde sagen, es ist sehr früh."
Der Mann stöhnte.
„Komm zum Haus von Tricky Dick. Park etwas weiter weg", sagte sie und legte auf.

Widerwillig rollte sich der Mann aus dem Bett, zog sich an, fuhr ins Erdgeschoss, ging ins Parkhaus, stieg ins Auto und fuhr nach Potomac, Maryland. Er parkte eine Meile entfernt und ging den Rest zu Fuß. Johnnie To lehnte gegenüber dem Haus von Tricky Dick an einem Baum.
„Wo ist Lozen?"
„Kommt", sagte Johnnie To und schickte eine Instant Message ab. Kurz darauf kam Lozen, die Handschuhe, Kapuzenpulli und eine schwarze Bomberjacke trug,

aus dem linken Gebäudeteil, vor dem der Drachen stand. Sie blieb kurz stehen, zog etwas aus der Jacke und warf es auf den Boden.

„Der Alte hat die Sicherheit seines Hauses seit meinem letzten Besuch nicht verbessert", sagte Johnnie To.

„Wie dumm von ihm."

„Yeah."

„Noch mal guten Morgen", sagte Lozen, als sie sie erreichte.

„Morgen. Was mache ich hier?"

Sie zeigte zum linken Gebäudeteil mit den großen Fenstern.

„Ich sehe nichts."

„Gleich."

Er schaute wieder zum Gebäude, das nach wie vor im Dunkeln lag.

„Ich sehe immer noch nichts."

„Geduld."

In diesem Moment nahm er ein Flackern hinter einem der Fenster wahr, das schnell heller wurde und sich als ein Feuer herausstellte, das sich rasch ausbreitete.

„Ist er drin?"

„Ja. Sollte er aufwachen, wird er es nicht rausschaffen. Die Brandsätze liegen vor der Schlafzimmertür im ersten Stock und vor der Treppe, die hinunterführt."

Der Mann war erstaunt. Diese drastische Handlung hatte er Lozen nicht zugetraut, obwohl er am Abend zuvor Harvey Farossi angerufen und gefragt hatte, warum der Alte sie für eine Killerin hielt. Sie habe eine Zeit lang, gegen Bezahlung, internationale Terroristen eliminiert – und das erfolgreich, hatte der Präsidentenberater geantwortet. Der Mann schaute wieder zum brennenden Haus. Sie war tatsächlich eine Killerin. Und eine Pyromanin.

„Dann bist du also der Rachetyp?", fragte er.

„Ein bisschen."

„Was willst du damit erreichen?"

„Eine Reaktion von Tricky Dicks Auftraggebern. Den Gegner in Bewegung zu halten und zu hoffen, dass er Fehler macht, ist zurzeit unsere einzige Möglichkeit."

„Als sie zuletzt reagiert haben, sind zwei deiner Leute getötet worden."

„Tricky Dick ist Geschichte. Sie werden nicht so schnell fähigen Ersatz finden, der ihre Aktionen koordiniert."

„Du willst mir also sagen, das Ganze hier ist irgendwie durchdacht und nicht eine impulsive Handlung ohne Sinn und Verstand."

„Absolut."

Er schüttelte ungläubig den Kopf.

„Wir arbeiten als Team. Warum hast du mich vorher nicht gefragt?"

„Weil du dagegen gewesen wärst."

„Ich vergesse immer, was Teamarbeit heißt: Wenn ich anderer Meinung bin als mein Partner, übergehe ich ihn."

Lozen grinste. Irgendwie hatte das Feuer den Drachen vor dem Haus entzündet.

„Gojira", sagte Johnnie To und der Mann hatte keine Ahnung, was das bedeutete.

„Wir sollten gehen. Irgendein Frühaufsteher hat den Brand unter Umständen bemerkt und gemeldet", sagte Lozen.

„Was hast du da vorhin aus deiner Jacke gezogen?"

„Ich hatte eine Maske von der Horde gekauft."

„Es ist immer gut, der Polizei einen Täter anzubieten."

66.

Das Apartment von Omar Meze deprimierte den Mann. Die miesen Möbel, die zugezogenen Vorhänge, der billige Duft, die Enge. Wie beim ersten Besuch lief der Fernseher, wieder ein Baseballspiel. Er hatte Lozen gefragt, womit der Veteran sein Geld verdiene und sie hatte ihm gesagt, er sei Kassierer in einem Supermarkt.

„Ed hat gesagt, die Typen wären echt Hardcore", sagte Omar Meze, der wieder im Sessel saß, aber diesmal seine Handprothese trug.

„Wer ist Ed?", fragte der Mann.

„Ex-Marine. Starke Verbrennungen am ganzen Körper, PTSD, eine Ex-Frau plus Tochter. Lebt in einer psychiatrischen Anstalt."

„Was er sagt, ist zuverlässig?"

„Wärst du ein Bruder, würdest du solche Fragen nicht stellen."

„Was hat er denn jetzt gesagt?", fragte Lozen.

„Spike Minegeshi gehörte wie Ed zu einer geheimen Spezialeinheit namens Black Phoenix an, die in Lateinamerika gegen Drogenkartelle eingesetzt wurde. Ed meint, sie hätten einzelne Bosse ausgeschaltet."
„Klingt nach einer Geschichte ohne Happy End", sagte Lozen.
„Stimmt. Ich habe es in der Bibliothek nachgelesen."
„Bibliothek?"
„Ich habe keinen eigenen Computer."
„Was hast du rausgefunden?"
„Beim letzten Einsatz in Kolumbien wurden mehrere Mitglieder der Black Phoenix-Truppe getötet oder verletzt, so wie Ed. Andere landeten in kolumbianischen Gefängnissen, wo die Drogenbosse dafür sorgten, dass sie eine Spezialbehandlung bekamen. Zu denen gehörte, so Ed, Minegeshi. Die US-Regierung hat offenbar nichts für sie getan. Kurz zuvor hatte der damalige demokratische Präsident Guise das Budget der Einheit gekürzt und angekündigt, sie aufzulösen. Die Sache wurde anderthalb Jahre später publik, als einige Black Phoenix-Veteranen an die Öffentlichkeit gingen und

Guise und seinen Sparmaßnahmen die Schuld an dem fehlgeschlagen Einsatz gaben. Sie fühlten sich von Washington im Stich gelassen, weil ihre Kameraden im Knast verreckt waren."
„Kennst du die Mitglieder von Black Phoenix?"
Omar schob ihr ein Blatt Papier zu. Auf dem standen fünfundzwanzig Namen. Sie las sie.

„Lupoff, Welsh, Babcock, Manning und Denvers gehören alle zu Black Phoenix", sagte sie zum Mann.
„Fuck."
„Wir haben es mit einer Gruppe zu tun."
„Phönix: Die Vogeltattoos der Frauen, die Minegeshi-Statue, die Vögel in den kranken Videos."
„Ja, es passt alles."
„Aber was hat das mit dem jetzigen Wahlkampf zu tun?", fragte der Mann, „Wäre der logische Schluss damals nicht gewesen, Guise fertig zu machen und nicht Jahre später die Wahlen zu beeinflussen?"
„Keine Ahnung. Was wir wissen, ist, dass sie alle, nachdem sie aus den Marines ausgetreten waren, begonnen haben, für ihre politische Überzeugung zu

arbeiten. Auf unterschiedliche Weise. Beim FFI, als Hacker, als FBI-Agent und so weiter."

„Und?"

„Ich kann nur spekulieren."

„Ich höre dir zu."

„Ich vermute, dass Ruth Manning in Guises Entscheidung ein typisches Beispiel der politischen Korruption in Washington sah. Über die Jahre hat sich wahrscheinlich die Abneigung gegen das politische Establishment gesteigert. Und dann haben die Mitglieder von Black Phoenix diesen Plan geschmiedet."

„So stellst du dir das vor?"

„Absolut."

„Verrückt."

„Unter Veteranen gibt es eine starke Verbundenheit. Und viele von uns sind konservativ", sagte Omar Meze.

„Ich hatte es nie mit dem Militär."

„Das ist mir klar", sagte Lozen.

„Wie wird eigentlich aus einer radikalen Umweltaktivistin eine Scharfschützin?"

„Geht dich nichts an, alter Mann. Und gehört auch nicht hierher."

„Die Antwort würde mich interessieren."

„Das ist mir so egal. Wollen wir wieder über den Fall reden?"

„Gerne."

„Also?"

„Ist jetzt der richtige Zeitpunkt, noch mal mit Minegeshi zu sprechen?"

„Würde ich sagen."

„Ihr solltet aufpassen", sagte Omar Meze. „Ed meinte, dass Black Phoenix eine verschworene Truppe gewesen und diese Manning eine verflucht gute Anführerin ist."

67.

„Verschwindet", sagte Spike Minegishi.

„Das ist nicht nett", sagte der Mann. Er hob den rechten Arm. Die Tür öffnete sich und Lozen trat ein. Sie trug ein schwarzes Tank Top und, wie der Mann, wieder die Maske. In der rechten Hand hielt sie ein Fäustel mit Holzgriff.

„Was will die Tussi?", fragte Spike Minegishi.

„Die richtige Frage wäre: Wozu hat die Tussi einen Hammer in der Hand?"

Spike Minegishi sah ihn mit zusammengekniffenen Augen an.

„Ihre Fußmassage ist berüchtigt."

„Tussi-Terror", sagte Lozen.

Spike Minegishi starrte auf den Hammer.

Zwei Identitäten, ein Cyberterrorist. Beide besaßen jeweils einen Führerschein und eine Sozialversicherungsnummer. Nick Davout hatte herausgefunden, dass Spike Minegishi das Original war. Von Oscar Binders Existenz gab es keine Belege, die älter als zwölf Jahre waren. Von Spike Minegishi gab es eine Geburtsurkunde, eine Mutter, die noch lebte und die Akte der Marines.

„Du hast versucht, uns zu verarschen. Hat nicht geklappt", sagte der Mann.
Der Gefangene schwitzte.
„Ich habe meine alten Social-Media-Accounts gelöscht und Fotos aus der Schulzeit verändert oder auch gelöscht. Das heißt, Sie sind an meine Akte von den Marines herangekommen. Respekt."
„Wir haben Zeit verschwendet, und ich hasse es, Zeit zu verschwenden."
„Was haben Sie herausgefunden? Dass ich einen Tarnidentität besitze. Wie hilft Ihnen das weiter?"
„Lupoff, Welsh, Babcock, Manning, Denvers und Sie, Sie sind Black Phoenix."
Lozen machte einen Schritt nach vorn. Der Mann hoffte, dass der Hacker nicht wieder zu singen begann. Sie hatten diesmal auf den Einsatz von Barbituraten verzichtet, wegen der starken Resistenz des Gefangenen.

„Zerschlag mir die Füße, Bitch, ich halte das aus", sagte Spike Minegishi ruhig und sprach dabei sehr akzentuiert.

Lozen schlug zu. Der Gefangene schrie. Er krümmte sich zusammen und hielt sich den linken Fuß.

„Barbiturate, Gewalt, mehr fällt euch nicht ein? Erbärmlich", sagte Spike Minegishi nach einer Weile mit schmerzverzerrtem Gesicht.

„Gibt es Unterlagen über die Wahlkampfmanipulationen?", fragte Lozen.

Der Gefangene grinste wie ein Geisteskranker.

„Ich habe noch einen zweiten Fuß", sagte er.

68.

„Der Typ ist nicht kleinzukriegen", sagte der Mann, nachdem sie Spike Minegishi verlassen und die Masken ausgezogen hatten.

„Ich glaube, mit Logik ist Minegishi nicht beizukommen. Er ist unberechenbar. Trainiert. Hat eine hohe Schmerzgrenze. Ein Psycho. Ein Typ, viele Gesichter."

„Er ist unheimlich."

„Es muss einen Ansatz geben. Wie jeder Mensch wird er primär am eigenen Überleben interessiert sein. Jetzt, da er weiß, dass wir wissen, wer hinter der Affäre steckt, denkt er vielleicht um."

„Dann gibt es ja doch so was wie eine Logik."

„Was weiß ich. Aber vielleicht sollten wir ihm ein Angebot machen, wenn wir zurück aus Chayton sind."

„Was für ein Angebot?"

„Wenn ich das wüsste."

Sie stiegen in den Fahrstuhl.

„Was machst du eigentlich mit ihm, wenn die Sache hier durch ist?", fragte sie.

„Er wird betäubt und irgendwo in Mexiko aufwachen."

„Es geht nichts über eine Fernreise."

69.

„Verdammt, was ist das denn für ein Flugzeug?", fragte Johnnie To.

„Eine Frachtmaschine", sagte der Mann.

„Hat das Geld nicht für einen normalen Flug gereicht?", fragte Lozen.

Sie gingen die Gangway hoch ins Flugzeug. Am Eingang stand der Pilot, ein Hüne mit langen schwarzen Haaren und einer Narbe, die sich über sein Gesicht zog.

„Lange nicht gesehen", sagte der Mann.

„Grüße von Aslan", sagte der Pilot, der einen stark russischen Akzent hatte.

„Danke."

„Aslan?", fragte Lozen, als sie ihren Rucksack auf den Boden gestellt, sich gesetzt und angeschnallt hatten.

„Ja, wieso?"

„Russische Mafia?"

„Aslan ist ein beliebter Vorname."

Der Flieger setzte sich langsam in Bewegung.

„Scheißkalt", sagte Johnnie To.

Sie flogen nach South Dakota.

„Der Vorteil ist, dass wir direkt zum Kiglaska-Airfield fliegen. Hätten wir einen regulären Flug genommen, wären wir in Rapid City gelandet und hätten vorher in Minnesota umsteigen müssen."

Es gab in Chayton County keinen Flughafen, nur eine Landebahn: Das Kiglaska-Airfield.

„Das macht es natürlich viel besser", sagte Lozen schlechtgelaunt. Sie stellte den Kragen der schwarzen Lederjacke auf und zog fingerlose Handschuhe an.

Das Flugzeug hob ab.

„Ich habe vorhin Eike angerufen. Er holt uns ab", sagte sie. „Du weißt, wer Eike ist?", fragte sie den Mann.

„Mit ihm wird sie irgendwann zusammenziehen", sagte Johnnie To.

„Du redest so einen Unsinn", sagte Lozen und schlug ihm auf den Oberarm.

„Aua."

Der Mann holte eine Thermoskanne und drei Tassen aus seinem Rucksack und schenkte ein.

„Manning ist der Kopf. Was wissen wir über sie?",
fragte der Mann, als sie die Flughöhe erreicht hatten.
„Nick hat mir was geschickt", sagte Lozen und holte ihr Smartphone hervor, auf dem sie eine Datei öffnete.
„Ruth Manning, achtunddreißig. High School, College, alles privat, alles teuer und hochklassig. Dann wird es anders. Statt auf eine Uni zu gehen, geht sie zu den Marines, bleibt drei Jahre."
„Und dann?"
„Polizeidienst in Pierre, South Dakota, studiert nebenbei Jura, landet bei der Staatsanwaltschaft in D.C., wo sie drei Jahre bleibt. Heute arbeitet sie, wie du weißt, in der Firma des Vaters."
„Wissen wir, warum sie zum Militär ging?"
„Nope."
„Also Patriotismus."
„Und/oder Abenteuerlust."

Nach knapp dreieinhalb Stunden landeten sie auf dem Kiglaska-Airfield am Rande der Black Hills, wo Eike Wolfen sie abholte. Sie fuhren eine halbe Stunde auf einer Landstraße durch bewaldete Berge, bis es in ein

Tal ging, in dem Homer City lag. Der Ort habe rund 600 Einwohner, hatte Lozen dem Mann erzählt. Eike Wolfen bog auf die Main Street, die sie entlangfuhren, vorbei an einem Klamottenladen, Schmuckläden, Kunstgalerien, einer Bäckerei, einem Diner, einem Laden für Sportbedarf, einer Buchhandlung, einem Hotel und einem Café. Die Kleinstadt gefiel dem Mann.

Sie parkten und gingen zum Eingang des Sheriff's Office, einem aus rotbraunen Backstein gebauten schmucklosen Gebäude, von dessen Eingang aus man auf einen begrünten Platz mit einem Brunnen in der Mitte und auf das Rathaus, ein imposantes Gebäude aus grauem Stein, sehen konnte.

Sie betraten das Sheriff's Office. Die Wände bestanden aus unverputztem Stein, der Boden aus abgenutzten Dielen. Den Dienstraum füllten vier Schreibtische und eine Zelle, die durch ein Gitter vom übrigen Raum abgetrennt war. Links führte eine Tür ins Büro des Sheriffs. Am vordersten Schreibtisch saß eine ältere Frau mit rosa Haaren, die aufsprang und

Lozen umarmte, als sie sie sah. Sie betraten das Büro des Sheriffs, der am Schreibtisch saß. Er war ein großer Mann um die sechzig mit einem mächtigen Schnauzbart, in beiger Uniform, der Lozen ebenfalls herzlich begrüßte.

„Eike meint, du bist wegen der Mannings in Chayton", sagte der Sheriff, der sich als Earl Arendts vorgestellt hatte.
„Stimmt", sagte sie und fasste die zurückliegenden Ereignisse zusammen.
„Du weißt, dass die Mannings mit Kraft befreundet sind?", fragte der Sheriff anschließend und drehte sich zum Mann:
„Sie müssen wissen: Joel Kraft ist nicht nur der Bürgermeister von Homer, er ist der wichtigste Arbeitgeber dieses Bezirks, der Gouverneur dieses Staates und einer der Präsidentschaftskandidaten der Republikaner."
„Stehen Sie auf seiner Seite?"
„Ich stehe auf der Seite des Gesetzes. Und Sie?"
„Ich stehe auf Marshmellows."

„Wo ist das Haus der Mannings?", fragte Lozen, um einen Streit zu verhindern.

„Im Norden von Chayton County, an der Grenze zu Butte, in der Nähe von Crook", sagte Eike Wolfen.

„Lupoff?"

„Wohnt im Larsen Hotel."

„Welche Sicherheitsmaßnahmen gibt es?", fragte Johnnie To.

„Woher kenne ich dich?", fragte der Sheriff.

„Ich saß in der Zelle da draußen."

„Wegen was?"

„Zu viel Spaß."

Der Sheriff zog die Stirn kraus.

„Er ist in Ordnung", sagte Lozen.

„Also: Die Sicherheitsmaßnahmen?", fragte Johnnie To.

„Keine Wachen, keine Hunde, ein paar Kameras."

„Was für Fenster?"

„Keine Ahnung. Warum?"

„Wir wollen auf das Treffen", sagte Lozen.

„Wo gibt es eigentlich die besten Halloween-Kostüme in dieser Gegend?", fragte Johnnie To.

„Du hast keins in D.C. gekauft?"

„Nein."
„Johnnie!"

70.

Der Mond hing tief über dem Gebäude, dessen Form den Mann an ein flugfähiges Insekt erinnerte. In der Mitte der Körper, von dem sich nach links und rechts die beigen Flügel abspreizten. Vor dem Gebäude lagen ein großer und ein kleiner See, links davon ein Parkplatz. Das Gelände war von einer grauen Mauer aus grobem Stein umgeben. Ein schmiedeeisernes Tor öffnete sich automatisch, wenn Gäste ankamen. Hinter dem Haus gab es einen Fluss und dahinter ein hügeliges Waldstück.

Der Mann stand auf einem verrotteten Hochsitz im Wald und schaute mit einem Fernglas aufs Anwesen.
„Hast du genug gesehen?", fragte Johnnie To.
„Lass uns los", sagte Lozen.
„Okay."
Der Mann kletterte vom Hochsitz. Zu dritt trugen sie ein altes Kanu, das ihnen Eike Wolfen besorgt hatte, zum Fluss und setzten über. Sie trugen lange schwarze

Staubmäntel. Auf dieser Seite gab es dem Sheriff zufolge keine Überwachungskameras und keine Mauer.

Sie gingen zur Rückseite des dreistöckigen Gebäudes. Es bestand aus Holz und Stein mit einem braunen leicht abfallenden Flachdach. An der Rückseite befanden sich eine Terrasse und eine Glasfront, durch die sie die Halloween-Party sehen konnten.
„Sieht nach 'ner müden Veranstaltung aus", sagte Johnnie To.
„Wir sind nicht zum Spaß hier. Keine Drinks, keine heimlichen Joints auf dem Klo. Auch verkleidet ist die Sache nicht ohne Risiko", sagte Lozen.
„Schon klar."

Die vom Hauptgebäude abgehenden Seitenflügel waren ebenfalls dreistöckig, ebenfalls mit viel Glas. Eike Wolfen hatte den Bauplan besorgt und bei den örtlichen Sicherheitsfirmen recherchiert. Die Hintertür war nicht gesichert. Johnnie To brauchte zwanzig Sekunden fürs Schloss. Sie legten die Mäntel zusammen und neben die Tür. Johnnie To trug

darunter die blau-schwarze Uniform der Sakaris, einer Söldnertruppe aus ‚Star City', die aus einem Ganzkörperanzug, Brust- und Beinpanzer und einem Halfter mit einer Laserwaffe bestand. Er setzte einen Kopfschutz auf, der das Gesicht bedeckte, Die Uniform stammte aus einem Laden in Rapid City. Der Mann hatte sich als Wikinger verkleidet, mit einem Helm, der die obere Gesichtshälfte bedeckte. Lozen hatte sich von einem Killer aus einem Slasher-Films inspirieren lassen, trug einen schwarzen Overall und eine weiße Maske.
„Rattenscharf", sagte Johnnie To.
„Ich kann Verkleidungen nicht ausstehen", sagte Lozen.

Sie betraten das Haus, gelangten in ein Fitnessstudio, zu dem eine Dusche und eine Toilette gehörten. Von da aus kamen sie auf einen Flur, der zum Haupthaus führte.
„Geh du zuerst", sagte Lozen. „Wir kommen nach."
„Okay."
Der Mann ging den Flur entlang, bis zu einer Tür, hinter der er Musik hörte. Ein abgelutschter Country-

und Western-Song. Inhaltlich eine Ode an die Kleinstadt. Er öffnete die Tür und betrat eine altmodische Bibliothek, in der eine Gruppe Verkleideter rauchte und Whiskey trank. Auf der anderen Seite des Raumes gab es eine zweite Tür, hinter der wahrscheinlich die eigentliche Party stattfand. Er schaute sich um: Holzregale, Bücher in abgegriffenen Ledereinbänden, ein Ölgemälde von George Washington in Valley Forge, eines von George Washington, wie er den Delaware River überquert, eines von George Washington, wie er die Truppen inspiziert. Dazu altmodische Polstermöbel und ein massiver Holzschreibtisch. Die Bibliothek wirkte wie eine Filmkulisse aus den 1950ern. Der Mann fragte sich, ob Gerry Manning sie irgendjemandem komplett abgekauft und bei sich aufgestellt hatte.

„Noch einer", sagte ein dicker glatzköpfiger Vampir zu den anderen Trinkern, als er den Mann sah.
„Auch das Klo nicht gefunden, was?", fragte ein dünner Killerclown.
„Das Haus ist ein Irrgarten", sagte der Mann.

„Das Klo ist auf der anderen Seite."

„Kein Bedarf mehr. Da hinten ist ein Fitnessstudio. Da ist auch eines."

„Das hast du uns nicht gesagt", sagte der Vampir zu einem Dritten, den der Mann als Carl Denvers identifizierte und der an einem Barwagen stand, an dem wahrscheinlich bereits Frank Sinatras erster Auftritt gefeiert worden war. Er hatte sich als Rozan Fada verkleidet, eine Art Spion in ‚Star City', der von Scott Keener gespielt wurde.

„Du musst nicht jedes Klo im Haus kennen", sagte Carl Denvers und machte eine entschuldigende Geste.

„Trinken Sie mit uns", sagte der Killerclown zum Mann.

Carl Denvers schüttete einen Whiskey ein.

„Wie finden Sie das Haus?", fragte der Vampir, nachdem sie angestoßen hatten.

„Erinnert mich an ein Insekt mit Flügeln."

„Insekt mit Flügeln?"

„Insekt mit Flügeln."

„Ein guter Vergleich", sagte Carl Denvers.

Die Männer lachten.

Ruth Manning betrat die Bibliothek. Die dunklen Haare waren kunstvoll zu einem Chaos geföhnt. Sie trug einen schwarz-violetten Bodysuit, der die Schultern und Oberarme frei ließ, darüber ein seltsam geschnittenes rotes Kleid und rote High Heels. Eine Figur aus einem Game; der Mann konnte sich aber nicht mehr an den Namen des Charakters oder des Spiels erinnern. Tough und trainiert, so wirkte sie auf ihn. Auf dem linken Oberarm war ein Tattoo, das echt aussah. Ein kleiner Adler, unter dem etwas stand, was er nicht lesen konnte.

„Carl, ich weiß, ihr macht es euch gemütlich, aber Vater hält gleich seine Rede."

„Wir kommen, Schatz."

Sie lächelte und verschwand.

„Also, meine Herren, füllen wir die Gläser und hören wir die Worte des Herrn."

71.

Kellnerinnen und Kellner, die als Pionierlegende Davy Crockett inklusive Bibermütze verkleidet waren, verteilten Getränke. Folkloristische Kunst in protzigen Rahmen an der Wand. Air Condition, die ein Parfum in den Raum blies. Alter der Gäste: zwischen Ende dreißig und scheintot. Brenda Lupoff war als sechsarmige Mutantin gekommen und unterhielt sich mit einem Werwolf.

„Was für eine schreckliche Veranstaltung", sagte Lozen leise, die auf einmal an der Seite des Mannes stand.

„Wo ist Johnnie?"

„Irgendwo in der Menge."

Ein Weißhaariger mit Bart und Brille ging durch den Raum. Er passte nicht in den Rahmen, weil er eine schlechtsitzende Stoffhose, ein Hemd und ein zerknittertes Jackett trug. Er stellte sich neben Gerry Manning, der als George Washington verkleidet war und müde, mit gebeugtem Rücken, an einem beeindruckenden Kamin lehnte. Seine Hautfarbe wirkte ungesund und die Hand, die ein Whiskeyglas hielt, zitterte.

„Der Weißhaarige ist Pierce Britton", sagte Lozen, „er ist ein Faschist und hat American Vanguard gegründet. Er kennt mich."

„Du trägst zum Glück eine Maske. Kennst du noch andere?"

„Nur von Fotos."

Sie zeigte ihm ein paar Politiker.

Gerry Manning nickte seiner Tochter zu, die die Musik mit einer Fernbedienung stoppte.

„Freunde, willkommen. Und ‚God bless America'", sagte er.

Seine Stimme klang brüchig. Er nuschelte leicht. Die Gäste applaudierten. Gerry Manning stieß sich vom Kamin ab, wankte ein wenig, bevor er sicher stand. Lozen zog ihr Smartphone und stellte die Aufnahmefunktion an.

72.

Zwanzig Minuten Gerry Mannings Weltsicht pur: Der freie Markt solle die Gesellschaft formen, nicht die Politiker in Washington. Applaus der Gäste. Eine geheime Gruppe aus Akademikern, Medienmenschen und Bürokraten lenke das Land in Richtung Kommunismus. Bestürzte Gesichter und empörte Rufe. Umweltschutz verhindere Profit. Applaus. Echte Amerikaner essen Fleisch. Applaus. Echte Amerikaner bringen die Nation nach vorne. Applaus. Während der Rede schien Gerry Manning an Kraft zu gewinnen. Er richtete sich auf, die Stimme gewann an Stärke und Volumen. So musste er vor dem Herzanfall gewesen sein. Als er seine Ansprache beendet hatte, sackte Manning in sich zusammen. Seine Tochter brachte ihren erschöpften Vater in ein Nebenzimmer.

„Man sollte diesen Kerl umlegen", sagte Lozen, als die Kellnerinnen und Kellner wieder Drinks verteilten.

„Absolut."

„Wie gesagt: Das ist mein Wort."

„Seine Tochter wird vom selben Mist überzeugt sein wie er."

„Sie setzt die Ideologie ihres Vaters in Taten um."

Ein Kellner kam mit Finger Food vorbei und er nahm zwei Minisandwiches vom Tablett. Ruth Manning kam zurück und stellte sich zu einer Frau im Hexenkostüm, die sich angeregt mit Johnnie To unterhielt. Er schaute sich weiter um. Pierce Britton stand bei Brenda Lupoff und einem Panda.

„Wir sollten nicht zu lange bleiben", sagte Lozen.

Ein Pärchen, das sich als Astronaut und Alien verkleidet hatte, stellte sich zu ihnen. Sie tauschten Belanglosigkeiten aus. Dem Mann fiel auf, dass Small Talk nicht Lozens Stärke war. Aus dem Augenwinkel sah er, dass Ruth Manning die Hexe und Johnnie To verließ und zu Carl Denvers ging.

„Ich haue ab und schaue mich im Haus um", sagte Lozen, als Astronaut und Alien endlich weitergezogen waren und verschwand Richtung Bibliothek.

„Geht ihre Begleiterin zum Klo im Fitnessbereich?", fragte Carl Denvers, der plötzlich mit Ruth Manning neben dem Mann stand.
„Da ist nicht so viel los."
Ein Kellner bot ihnen Whiskey an und sie nahmen je ein Glas.
„Gerry hätte vor zehn Jahren als Präsident kandidieren sollen", sagte Carl Denvers. „Seine Reden sind mitreißend."
„Absolut."
„Habe ich Sie schon mal auf einer unserer Veranstaltungen gesehen, Mr. ...?", fragte Ruth Manning.
„Ich bin das erste Mal da. Mein Name ist Fitzroy. Winston Fitzroy."
„Heißt ‚Fitzroy' nicht ‚Sohn des Königs'?"
„Bastard des Königs ist, glaube ich, die genauere Übersetzung."
Sie lachte.

„In welcher Branche sind die tätig, Mr. Fitzroy?"
„Sicherheit."
„Wichtig in heutiger Zeit."
„Sehr wichtig. Leider."
Sie stießen an. Der Mann spürte, wie Ruth Manning ihn neugierig musterte. Als wäre er ein Objekt, das sie gerne erwerben würde.
„Es hat mich gefreut, Sie kennenzulernen", sagte sie und ging zurück zur Frau im Hexenkostüm, die sich nach wie vor angeregt mit Johnnie To unterhielt.
„Kommen Sie mit in die Bibliothek. Da gibt es die besseren Getränke", sagte Carl Denvers.

73.

„Ich habe ihm von Mannings Rede erzählt."
„Was hat Wacker gesagt?", fragte Lozen den Mann.
Sie saßen bei Eike Wolfen im Wohnzimmer. Er besaß, knapp zwanzig Meilen von Homer City entfernt, mitten in der Prärie ein einstöckiges Haus mit einem Stall und zwei Pferden.
„War nichts Neues für ihn, nehme ich an", sagte Lozen.
„Nein. Aber er wäre gerne bei Mannings Party dabei gewesen."
„Der Typ ist ein Wichser", sagte Johnnie To und saugte an einem Joint. Er war voll bis oben hin. Als der Mann mit Carl Denvers in die Bibliothek gehen wollte, hatte er Johnny To entdeckt, wie er eine ältere Frau mit blondierten Haaren, gestrafftem Gesicht, die in einem zu engen Prinzessinnenkostüm steckte, zuquatschte. Wie sich rausstellte, schwadronierte er über die Vorzüge gleichgeschlechtlicher Liebe. Er

hatte ihn gepackt und nach draußen auf die Terrasse gebracht.

Der Mann war zurück ins Haus gegangen und hatte mit Carl Denvers und seinen Freunden in der Bibliothek getrunken. Der Mann hatte sich irgendwann besorgt nach Gerry Mannings Gesundheitszustand erkundigt und erfahren, dass de facto alle wichtigen Entscheidungen von seiner Tochter getroffen wurden.

„Wir wissen immerhin, dass Wacker nicht nur Unsinn erzählt", sagte der Mann.

„Du meinst seine Behauptung, dass Manning American Vanguard finanziert."

„Das erklärt Brittons Anwesenheit."

Lozen rieb sich die linke Hand.

„Das Problem ist, dass alles, war wir rausgefunden haben, legal ist. Nichts, was McKay verwenden kann."

„Der Typ ist ein Wichser", sagte Johnnie To und saugte an einem Joint.

„Nicht hilfreich, Johnnie", sagte der Mann.

„Und im Haus hast du nichts entdeckt, Lozen?", fragte Eike Wolfen.

„Nein. Ich habe zwar die Arbeitszimmer von Vater und Tochter gefunden, jedoch keinen von Tricky Dicks Berichten. Alles sehr modern. Sehr sauber. Nichts Außergewöhnliches. Aber ich habe nur sehr oberflächlich schauen können."

„Wir kommen nicht weiter."

„Das Einzige, das wir tun könnten, wäre die Ton-Aufnahmen zu posten. Würde Schlagzeilen geben", sagte Lozen.

„Du willst Manning und ihre Truppe weiter provozieren?"

„Was bleibt uns anderes?"

Alles sehr unbefriedigend. Der Mann schaute zur beeindruckenden Regalwand, in der überwiegend Bücher von Eikes verstorbener Frau Chumani standen. Nach ihrem Tod habe er beschlossen, ihre Bücher komplett durchzulesen, hatte Lozen ihm erzählt. Er hatte oben rechts begonnen und wollte unten links enden. Das war eine echte Bibliothek, nicht ein Prestigeobjekt, wie das von Gerry Manning.

Er hatte auf der Fahrt im Netz nachgeschaut. Tatsächlich hatte der Milliardär die Bibliothek vor einundzwanzig Jahren erstanden. Aus dem Nachlass einen bekannten Gelehrten und Sammlers.

74.

„Kaffee?", fragte die schlanke Frau, von der der Mann durch Lozen wusste, dass sie Mike hieß, das Diner seit dem Tod ihres Mannes führte, ein Schwede, den alle auch Mike gerufen hatten. Er frühstückte mit Lozen, Eike Wolfen, dem Sheriff und Johnnie To, die alle die Frage bejahten.

Lozen reichte dem Mann ihr Smartphone. Auf dem Display sah er LukOut und die Posts einer Person, die sich Benjamin1776 nannte. Er hatte die Aufnahme veröffentlicht und wetterte gegen Ruth und Gerry Manning und ihre Weltsicht.
„Ich nehme an, Nick Davout ist Benjamin1776?"
„Ja. Er hat die Rede heute früh gepostet, nachdem McKay zugestimmt hat."
„Nicht viele Kommentare."
„Nick meint, das kommt."
„Wieso ist er sich da sicher?", fragte Eike Wolfen.
„Er wird die Diskussion anheizen."

Mike kam mit den Bestellungen.

Am frühen Nachmittag setzte Eike Wolfen Lozen, Johnnie To und den Mann am Kiglaska-Airfield ab, wo eine Frachtmaschine auf sie wartete, und fuhr davon. Sie wollten gerade das Flugzeug besteigen, als ein schwarzer SUV auf die Landebahn rollte und hielt. Ruth Manning und Carl Denvers stiegen aus. Partnerlook. Sie trugen Jeans, Stiefel und Parka. Lozen und der Mann sahen sich fragend an.

„Ich weiß nicht, ob es dreist oder mutig war, auf die Feier meines Vaters zu kommen", sagte Ruth Manning.

Sie sagten nichts.

„Sie fragen sich vielleicht, wie ich Sie erkannt habe."

Sie verzogen keine Miene.

„Ihr asiatischer Freund trinkt und redet zu viel", sagte Ruth Manning und zeigte auf Johnnie To. „Ich bin zufällig mit ihm ins Gespräch gekommen."

Der Mann erinnerte sich: sie, die Hexe, Johnnie To.

„Er hat nur von Ihnen geschwärmt, Ms. Graham. Sie haben da einen wirklich guten Freund, leider mit offensichtlichen Schwächen."

Lozen lächelte.

„Führt dieses Gespräch noch irgendwohin?"

„Ich komme zur Sache."

„Wie schön", sagte Lozen.

„Wir gehen davon aus, dass Sie Ms. Lupoff überwachen, ihr hierher gefolgt sind und dass sie Mr. Krowbar ermordet und Oscar Binder entführt oder ebenfalls getötet haben."

„Gehen Sie aus, wovon Sie wollen."

„Sie werden diese Aktionen bedauern."

„Ist das der Moment, in dem ich vor Angst ohnmächtig umfallen soll?", fragte Lozen.

„Machen Sie nur Ihre Witze."

Lozen sagte nichts.

„Was wissen Sie über den Mann neben Ihnen, mit dem sie seit Kurzem zusammenarbeiten?", fragte Ruth Manning.

Lozen sah kurz zu ihm.

„Wollen Sie es ihr sagen?", fragte Ruth Manning den Mann.

Er atmete durch.

„Was sollst du mir sagen?", fragte Lozen.

Er atmete nochmal durch. Schweigen war keine Option. Die ganze Wahrheit auch nicht.

„Bis zur Verhaftung von Ormston habe ich, ohne mein Wissen, für Tricky Dick gearbeitet."

„Du verarscht mich."

Der Mann gab ihr die Details. Am Ende sah Lozen ihn wütend an.

„Das heißt, durch dich kannten sie den Stand meiner Ermittlungen, durch dich wussten sie, wann es sinnvoll war, einzugreifen. Dass zwei meiner Mitarbeiter tot sind, daran trägt du eine Mitschuld."

Der Mann wusste nicht, was er sagen sollte. Sie hatte ja recht.

„Was ist das für ein Scheiß?", fragte Lozen, schlug ihm zwischen die Beine und traf ihn mit zwei Fingern unterhalb des Kehlkopfs. Während er zu Boden ging, hörte er Ruth Manning laut lachen. Lozen setzte ihm das Karambit an die Kehle, während er hustete und nach Luft rang. Das wars, dachte der Mann.

75.

„Komm mir nicht mehr in die Quere", sagte Lozen und stand auf. Sie ging zur Straße und telefonierte dabei. Johnnie To folgte ihr.

Als der Husten nachließ und er Luft bekam, erhob sich der Mann.
„Ich hätte gedacht, sie bringt Sie um", sagte Ruth Manning und lächelte dabei.
„Jetzt müssen Sie die Drecksarbeit selbst machen."
„Ich habe damit kein Problem", sagte sie und der Mann glaubte es.
Sie stupste Carl Denvers an. Gemeinsam gingen sie zum SUV. Sie setzte sich ans Steuer und ließ den Wagen an. Sie fuhr an Lozen und Johnnie To vorbei, die am Straßenrand saßen.

Der Mann stieg ins Flugzeug. An Bord machte er zwei Anrufe. Als Erstes informierte er Kris Chan über die Auseinandersetzung mit Lozen und das Ende der Zusammenarbeit. Joko Uwais rief er danach an und bat, die Sicherheit seines Zimmers und die des Spezialzimmers zu verstärken. Lozen Graham war eine Killerin, Ruth Manning nicht berechenbar.

Als er am frühen Abend in Washington D.C. landete, war die Rede von Gerry Manning nationales Gesprächsthema. Und bei Benjamin1776 war eine heiße Diskussion ausgebrochen. Wegen eines JoeThePatriot. Bestimmt steckte auch da Nick Davout dahinter, dachte der Mann.

76.

„Harvey Farossi fand unseren Umgang mit Lozen falsch, aber er möchte, dass wir weitermachen", sagte der Mann am nächsten Morgen beim Frühstück zu Kris Chan.
„Warum sagst du Lozen nicht die Wahrheit?"
„Sie würde mir kein Wort glauben."
„Wenn du meinst."
„Meine ich."
„Was hat Farossi noch gesagt?"
„Er fragt sich, ob wir überhaupt eine Chance haben, Beweise zu finden, die Manning und ihre Truppe belasten."
Die Diskussion zwischen Benjamin1776 und JoeThePatriot war nach wie vor Thema auf LukOut, bei TV-Nachrichtensendungen und Zeitungen. Gerry Mannings Name wurde wiederholt genannt, er selbst trat nicht in Erscheinung, dafür seine Tochter. Sie beschrieb in einem Webvideo den Milliardär als einen unpolitischen Menschenfreund.

„Was hast du geantwortet?"

„Dass ich es nicht wüsste."

„Du meinst, wir brechen ab?"

„Warum nicht? Ist ja nicht so, als hätten wir das noch nie gemacht. Wir kümmern uns nur noch darum, dass Graham heil aus der Sache rauskommt. Mehr nicht."

„Lass uns darüber nachdenken."

77.

Ein Rapper stellte jemandem die Frage, ob er im Ernstfall kneifen würde, was er nie tun würde. Lozen und Johnnie To tanzten. Der Mann saß an der Bar, die Rothaarige stellte einen Wein vor ihn auf die Theke. Das Smartphone des Mannes klingelte. Es war die Rezeption des Belhaven.
„Jemand ist in Zimmer 501 eingedrungen. Mr. Uwais meinte, ich sollte Sie informieren."
„Wer ist der Gast in der 501?"
„Eine Ms. Lozen Graham."
„Ich komme."
Er sah auf die Tanzfläche zu Lozen und Johnnie To. Er ging hinunter.
„Was willst du?", fragte sie.
Er sagte es ihr.
„Was interessiert dich mein Leben?"
„Es gibt genug Geister in diesem Hotel."
Der Rapper wiederholte die Frage, ob er im Ernstfall kneifen würde.

78.

Der Mann stand mit Lozen und Johnnie To in der Sicherheitszentrale des Belhaven, einem dunklen Raum mit einer Wand aus zwei Dutzend Monitoren, vor dem ein dicker Afroamerikaner in einem graugrünen Anzug saß.

„Wie ist der reingekommen, Mac?", fragte der Mann.

„Ms. Graham hat das Paket ‚Small' gewählt. Der Eindringling hat die Tür geknackt. Dann ist er in die Bewegungsmelder gelaufen."

„Hm."

„Wir sollten für jedes Sicherheitspaket die gepanzerten Türen mit Sicherheitsschloss anbieten. Der Schnüffler damals ist auch reingekommen. Das elektronische Schloss ist mit der richtigen Technik zu einfach zu öffnen."

„Du hast ja recht, Mac."

„Soll ich die Kamera anschalten?"

„Bitte."

In jedem Zimmer, auch die, die als ‚Small' gebucht werden konnten, gab es Kameras, die im Notfall angestellt werden konnten, damit sich das Sicherheitspersonal ein Bild von der Situation machen konnte.

„Da", sagte Mac.

Lozen hatte eine kleine Suite mit einem Wohn- und einem Schlafzimmer. Auf dem Bett mit dem Blick zur Tür saß eine Gestalt. Lozen erkannte ihn zuerst.

„Fuck. Das ist Babcock", sagte sie.

„Woher kennst du ihn?"

„Ich hatte öfter mit ihm zu tun."

„Verstehe."

„Was wirst du machen? Ihm helfen, mich umzulegen?"

„Er hat die Regeln des Hotels verletzt. Das ist nicht akzeptabel."

„Wie wirst du ihn bestrafen? Umbuchen auf ein schlechteres Zimmer? Ihm Drinks aus der Minibar berechnen, die er nicht getrunken hat?"

„Es gibt auf jeden Fall ein Downgrade."

Der Mann griff zum Telefon.

79.

Mit dem Fahrstuhl fuhren sie in den fünften Stock. Lozen schloss die Zimmertür auf, nachdem Mac versichert hatte, dass der Killer nach wie vor im Schlafzimmer saß, dessen Tür geschlossen war. Sie zogen ihre Waffen, gingen hinein und blickten zur Schlafzimmertür. Lozen nickte dem Mann zu.
„Babcock, wir wissen, dass du da drin bist. Du hast gegen die Hausordnung des Belhaven verstoßen. Wirf die Waffe weg und komm mit erhobenen Händen heraus."
Keine Antwort. Der Mann wiederholte die Aufforderung. Ein leises Plopp-Geräusch war zu hören und eine Kugel schoss durch die Tür. Der Mann stellte sich neben Lozen Graham und schaute auf die Uhr. Ein wenig später bekam er eine Nachricht aufs Smartphone. Er nickte Lozen Graham zu, die die Klinke drückte. Wieder schoss eine Kugel durch die Tür.

Der Mann lehnte sich an die Wand. Nach einer kurzen Weile hörte er eine Frauenstimme aus dem Raum: „Ihr könnt reinkommen."

Er öffnete die Tür. Rupert Markus Babcock lag am Boden. Eine Kugel im Kopf. Neben ihm stand die Rothaarige, die eine HK P30 mit Schalldämpfer in der Hand hielt. Der Mann hatte sie um Hilfe gebeten. Einem Mann wie Rupert Markus Babcock ließ man keine Chance. Die Rothaarige war außen am Hotel auf dem Sims vom Nebenzimmer zum Fenster von Lozens Suite balanciert, hatte das Schloss des Schlafzimmerfensters mit einem elektronischen Öffner entriegelt, den ihr Mac gegeben hatte, und dem Mann die Nachricht geschickt. Als der Killer auf das Drücken der Türklinke reagierte, war sie in den Raum gesprungen und hatte ihn erschossen.

„Danke", sagte der Mann zur rothaarigen Barkeeperin.

„Keine Ursache. Meine Kontonummer hast du."

„Was passiert mit der Leiche?", fragte Lozen.

„Mac wird sie entsorgen", sagte der Mann.

„Wieder ein Geist mehr fürs Hotel."

„Geister brauchen nicht viel Platz."

80.

„Das wird nichts ändern", sagte Lozen zum Mann, als sie mit der Rotharrigen zurück zum Plex gingen. „Du hast mich verarscht."

„Ich habe die Wahrheit verschönt."

„Das nennt man Lüge."

Sie gelangten zur Bar. Lozen blieb stehen.

„Du solltest eines wissen. Black Phoenix greift an. Gestern Abend haben zwei Typen der Horde versucht, Omar umzulegen."

„Wie geht es ihm?"

„Sein Apartment ist Schrott, er hat eine Stichwunde im Bein und eine in der Schulter, aber er lebt."

„Die Angreifer?"

„Verletzt. Geflohen."

„Warum erzählst du mir das?"

„Steig aus."

„Wenn nicht?"

„Wenn nicht, dann war das auf dem Flugfeld war nur ein Vorspiel", sagte Lozen.

Sie drehte ihm den Rücken zu und ging zu Johnnie To, der an der Bar saß.

„Sehr dankbar ist sie nicht", sagte die Rothaarige zum Mann.
„Sie hat keinen Grund, dankbar zu sein."
„Klingt nach einer komplizierten Geschichte."
„Ist es."
„Einen Zweigelt?"
„Gerne."
Sie holte den Wein. Als er am Glas nippte, bekam er eine Textnachricht. Ein Datum, eine Adresse und den Satz ‚Lass uns Wein trinken'. Er sah zur Rothaarigen, die ein Bier zapfte und ihn anlächelte. Ein Scheißtag fand ein gutes Ende.

81.

Der Mann war in seinem Hotelzimmer, lag auf dem Bett und starrte an die Decke. Er war ratlos. Vielleicht hatte er was übersehen. Vielleicht hatte er nicht weit genug gedacht. Er setzte sich an den Laptop und holte sich die Fotos der Beteiligten und ordnete sie. Als er das getan hatte, öffnete er ein zweites Bier und schaute sich die Bilder an. Brenda Lupoff, Ruth Manning, Francine Welsh, Carl Denvers und Spike Minegishi. Die Gruppe hatte auch Wacker in seinem Kellerraum hängen gehabt, dachte er. Er musste noch mal mit Minegeshi sprechen. Lozen hatte gesagt, dass er wie jeder Mensch am Überleben interessiert wäre. Das bot Ansatzmöglichkeiten.

Sein Smartphone piepte. Kris Chan informierte ihn, dass Lozen und ihr Team aus dem Belhaven ausgezogen waren.

82.

„Es ist immer eine Freude, Sie zu sehen", sagte Spike Minegeshi, als der Mann maskiert eintrat. Der Hacker sass im Lotussitz auf dem Boden. Sein linker Fuß war bandagiert. Mac hatte das erledigt. Spike Minegeshi sah wach und erholt aus.
„Sie können die Maske ruhig abnehmen. Ich habe mir mittlerweile zusammengereimt, wer Sie sind."
Der Mann glaubte ihm.
„Die Masken sind gut gewählt", sagte er.
„Machen richtig Angst."
„Sie kennen Angst?"
Spike Minegeshi stand lächelnd auf und setzte sich aufs Bett.
„Henry ‚Tricky Dick' Krowbar."
„Tricky Dick, diesen Spitznamen hasst der alte Henry."
„Er ist tot."
Spike Minegeshi verzog keine Miene.
„Wirklich? Woran ist er gestorben?"

„Es gab einen Brand."

„Spielt Lozen Graham nicht gerne mit dem Feuer?"

Der Mann hatte das Gefühl, einem völlig Unbekannten gegenüberzustehen. Nichts an ihm erinnerte an den Typen der vergangenen Begegnungen. Dieser Spike Minegeshi war kontrolliert und arrogant.

„Babcock", sagte der Mann.

„Was ist mit Rupert?"

„Er ist auch tot. Er hat versucht, Graham umzubringen."

„Wirklich?"

Der Mann nickte.

„Ich trauere Rupert nicht nach. In seinem Fall war es nur eine Frage der Zeit."

„Haben Sie ihn gut gekannt?"

„Drogenabhängige haben keinen Platz bei uns. "

„Krowbar, Ormston und Babcock weg. Wer käme da jetzt in D.C. als Ersatz infrage?"

Spike Minegeshi sah ihn an.

„Es gibt eine Sache, die ich nicht verstehe", sagte der Veteran.

„Nur eine? Sie Glücklicher."

„Warum haben Sie diesen Auftrag ursprünglich angenommen? Von dem, was mir Babcock gesagt hat, passt er nicht zu ihrem Profil. Russische Mafia, das ist Ihre Kragenweite."

„Babcock hat mich ins Spiel gebracht?"

Der Veteran antwortete nicht.

„Es muss schriftliche Unterlagen geben, Minegeshi."

„Mr. Minegeshi."

„Mr. Minegeshi."

„Warum sollte ich Ihnen helfen?"

„Zwei aus ihrem Black Phoenix-Team sind tot, ich weiß, wer der Boss ist und warum Sie es machen."

„Sie haben nichts, nur Vermutungen. Also: Warum sollte ich Ihnen helfen?"

Der Mann setzte die Maske wieder auf.

„Weil es der einzige Weg ist, dass Sie hier lebend rauskommen."

„Eine blöde Drohung. Ihr Niveau lässt wirklich weiterhin zu wünschen übrig."

„Wollen Sie die russische Mafia fragen, ob es eine Drohung ist?"

Spike Minegeshi zeigte ihm seine perfekten Zähne.

„Denken Sie darüber nach", sagte der Mann und ging zur Tür.

„Welche Sicherheit habe ich, dass Sie Wort halten?", fragte Spike Minegeshi, als er die Klinke in der Hand hielt.

„Nur die Dinge, die Sie über mich offenbar wissen."

Spike Minegeshi schmunzelte.

„Ich denke darüber nach und melde mich bei Ihnen", sagte er gelassen, als wäre er an einem Wagen interessiert und bräuchte noch Zeit, um die Kaufentscheidung zu treffen.

83.

Mac sah nicht gut aus. Blut lief aus einer Platzwunde auf der Stirn. Er saß auf seinem Stuhl in der Sicherheitszentrale. In der Hand hielt er ein Handtuch.
„Was ist passiert?", fragte der Mann.
„Eine maskierte Frau ist reingekommen, hat Mac eins drüber gegeben und die Kameras abgestellt. Dann hat sie Minegeshi aus der Zelle geholt", sagte Joko Ukwais, der den Mann angerufen hatte.
„Lozen. Es kann nur sie gewesen sein."
„Woher kannte sie die Kombinationen vom Fahrstuhl?"
„Sie ist zweimal mit mir runtergefahren. Sie muss sich die Zahlen gemerkt haben."
„Sie ist gut."
„Ist sie. Wie ist sie rausgekommen?"
„Durch die Küche zur Gasse beim Hinterausgang, wo sie einen Wagen geparkt hatte. Zwei Köche bei der Rauchpause haben sie gesehen, wie sie eingestiegen ist."

„Mist."

84.

Der Mann stieg aus der U-Bahn und trabte die Treppen nach oben. Wolken lagen über dem Mond, als er aus der Metrostation kam. Es regnete. In der Ferne eine Sirene. Jemand hatte Sandsäcke ausgelegt, damit kein Wasser über die Treppen nach unten in die Station floss. Er schaute sich um: kleinere Restaurants, ein Kino. Keine Fußgänger. Wenig Verkehr. Ein Polizeiwagen, ein Taxi, das wars. Die Rothaarige hatte ihm eine Adresse geschickt, wo sie sich mit ihm treffen wollte. Er hatte sie gegoogelt. Kein Club, kein Restaurant. Ein altes Mietshaus oberhalb von Woodley Park. Offenbar ihre Privatwohnung. Er hatte eine Flasche Champagner aus der Bar des Belhaven dabei. Nicht sehr originell. Aber besser als Blumen. Er mochte keine Schnittblumen. Er war etwas aufgeregt, als er an der Haustür klingelte. Das letzte echte Date war lange her. Die zufälligen Begegnungen mit Geschäftsfrauen an

Hotelbars oder Musikliebhaberinnen auf Konzerten zählten nicht.

„Komm rein. Vierter Stock. Und der Aufzug ist defekt", sagte sie aus der Gegensprechanlage. Er hörte das Geräusch des elektrischen Öffners und drückte die Tür auf. Im Treppenhaus roch es nach Essen. Er trabte die Treppen hoch, die unter seinen Schritten leicht nachgaben. Die Rothaarige stand vor ihrer Wohnung und lächelte ihn an. Sie trug ein kurzes geblümtes Kleid. Ihre Beine waren schlank. Sie trug keine Strumpfhose. Auf dem linken Oberschenkel sah er ein Drachentattoo. Sie war barfuß.
„Hi."
„Hi."
Sie gab ihm einen flüchtigen Kuss auf den Mund.
„Komm rein", sagte sie.

Er stand direkt im Wohnzimmer. Ausgeblichene Tapeten mit einem floralen Muster. Kein Deckenlicht. Kerzen auf dem Tisch. Von irgendwoher kam ein langsamer R&B-Song. Er war zu leise, um den Text zu verstehen.

„Gib mir deine Jacke und setz dich", sagte sie.

Er gab ihr die Jacke und setzte sich. Der Tisch war gedeckt: Teller, Besteck und Servietten, zwei Gläser und eine geöffnete Flasche Rotwein.

Sie schenkte Wein ein, setzte sich auf seinen Schoß, gab ihm erneut einen flüchtigen Kuss und prostete ihm zu. Der Mann nahm einen Schluck und lächelte ihr zu. Sie lächelte zurück.

„Wie ist der Plan?", fragte er.

„Muss es immer einen Plan geben?"

„Nein."

Er nahm einen weiteren Schluck und sah ihr ins Gesicht. Ihr Lächeln sah irgendwie unscharf aus. Brauchte er mittlerweile auch eine Brille, wenn er auf ein Date ging? Die Unschärfe nahm zu. Die Rothaarige erhob sich. Die Unschärfe erreichte einen Grad, dass ihm die Augen tränten.

„Vielleicht gibt es doch immer einen Plan", sagte sie.

Der Mann fiel ohnmächtig vom Stuhl.

85.

Der Mann kam zu sich. Seine Augen brannten leicht. Er schaute sich um. Er saß auf einem Stuhl, die Arme auf dem Rücken mit Kabelbindern gefesselt, in einem heruntergekommenen Wintergarten, in dem verrottete Sessel, ein mit Blättern übersäter Tisch und riesige Blumentöpfe mit toten Pflanzen standen. Auf dem gefliesten Boden lagen Müll und Schutt. Neben ihm, in einem Sessel, lag Lozen. Der Mann sah, dass sie einen Cut über dem linken Auge hatte und die linke Wange geschwollen war.

Der Wintergarten gehörte zu einem Haus, das im Dunkeln lag und von dem er nur die Silhouette sah. Er schaute durchs verschmutzte Glas in den Himmel. Die Wolken lagen nicht mehr über dem Mond. Der Regen hatte aufgehört. Der Mann schüttelte den Kopf. Er war ein alter romantischer Idiot, dachte er und schlief wieder ein.

Ein Geräusch weckte ihn. Er öffnete die Augen. Die Sicht war klar, das Brennen verschwunden. Im Haus ging das Licht an und zwei Mitglieder der Horde mit schwarz-roten Masken und die Rothaarige betraten den Wintergarten. Vorne, in ihrem Hosenbund, steckte eine Waffe.

„Hi", sagte sie zu ihm.

„Hi."

„Ich hoffe, du nimmst das nicht persönlich."

„Natürlich nicht."

Er sah zu Lozen.

„Sie war schwieriger zu kriegen als du", sagte die Rothaarige.

„Glaube ich. Was passiert jetzt?"

„Geduld."

Die Rothaarige und die Maskierten verließen den Wintergarten.

86.

Mit einem leichten Seufzer kam Lozen zu sich. Sie schaute sich um. Als sie den Mann entdeckte, fluchte sie.

„Mit dir wollte ich nicht sterben", sagte sie.

„Wenn man mich lässt, suche ich dir jemand anderen."

„Leere Versprechungen."

Lozen schaute zu den toten Pflanzen.

„Was für ein lausiger Ort." Sie verdrehte die Augen.

„Wie haben Sie dich gekriegt?", fragte sie.

„Kein Kommentar."

„Kein Kommentar? Verstehe. Heißt: Die rothaarige Schlampe hat dich in ihr Bett gezerrt und dich kurz vor dem Höhepunkt ausgeknockt."

„Wie gesagt: Kein Kommentar."

„Wäre mir an deiner Stelle auch peinlich."

„Können wir das Thema bitte wechseln."

„Wobei ich schwören könnte, dass sie dich mag."

„Deshalb sitze ich jetzt mit dir hier."

Die Verbindungstür zwischen Haus und Wintergarten quietschte erneut, als die Rothaarige sie aufstieß. Sie war nicht allein. Bei ihr waren Brenda Lupoff, Carl Denvers, und Ruth Manning, die ihren Vater stützte. Begleitet wurden sie von den Maskierten, die sie mit ihren großen schwarzen Augen anstarrten.

„Besuch", sagte der Mann.

„Entzückend. Und gleich eine ganze Horde", sagte Lozen.

87.

„Das sind die beiden", sagte die Rothaarige.

Gerry Manning trug eine braune Lederjacke, eine Stoffhose und Slipper, seine Tochter einen Trenchcoat, Jeans und hochschaftige Lederstiefel. Brenda Lupoff hatte sich für einen langen beigen Mantel und Stiefel mit Fell entschieden. Carl Denvers trug einen schwarzen Trainingsanzug mit goldener Schrift und Streifen, in dem er wie ein Model für eine Sportzeitschrift wirkte.

„Warum leben wir noch?", fragte Lozen.

„Sie haben uns große Schwierigkeiten bereitet. Das respektieren wir", sagte Ruth Manning.

„Was heißt das?"

„Denken Sie nach."

Lozen sah zum Mann, der die Augenbrauen hochzog.

„Sie wollen uns anheuern?"

„Ist das so abwegig? Offensichtlich verstehen Sie etwas von Ihrem Job und sie arbeiten für Geld."

„Sie versuchen, die Wahlen in Ihrem Sinne zu beeinflussen. Das sollen wir akzeptieren?"

Als Antwort gab ihr Ruth Manning eine Ohrfeige.

„Sie sind also tatsächlich eine linke Idealistin, Ms. Graham. Ich habe es Ormston nicht geglaubt. Sie sind Veteranin. Sie müssten unser Anliegen verstehen."

Sie schüttelte ungläubig den Kopf.

„Wovon träumen Sie?", fragte Lozen. „Dass alle ehemaligen Soldatinnen und Soldaten die Waffen in die Hand nehmen und die Regierung in D.C. stürzen?"

Eine weitere Ohrfeige war die Antwort.

„Was ist mit Ihnen?", fragte die Milliardärstochter den Mann.

„Ich bin weder Veteran noch Idealist."

„Sie sind also interessiert?"

„Ich muss darüber nachdenken."

„Sie haben eine halbe Stunde."

Die Gruppe verließ den Wintergarten. Die Rothaarige blieb zurück.

„Wir wären ein gutes Team", sagte sie zum Mann.

„Warum arbeitest du für sie?"

„Ein Job mit guter Bezahlung."

„Und was war mit Babcock?"

„Er war der falsche Partner. Ms. Manning und ihre Leute haben nicht begriffen, wie sehr die Drogen sein Hirn zerfressen haben. Und auch ich hab es zu spät gemerkt. Der Einbruch ins Hotelzimmer war nicht abgesprochen und dumm."

„Da hast du ihn kaltblütig erledigt."

„Auch ohne meine Hilfe hättet ihr ihn ausgeschaltet. Auf diese Weise habe ich euer Vertrauen gewonnen und einen schwachen Partner eliminiert."

An diesem Fall ist nichts einfach, dachte der Mann.

Die Rothaarige lächelte kurz, drehte sich um und verließ den Wintergarten.

„Sie steht wirklich auf dich", sagte Lozen, als sie weg war.

„Sicher."

„Überlegst du wirklich, für die Penner zu arbeiten?"

88.

„Ich mache es. Der Preis verdoppelt sich", sagte der Mann, als die Mitglieder von Black Phoenix, Gerry Manning und die Maskierten zurückgekehrt waren. Ruth Manning nickte der Rothaarigen zu. Sie zog ein Karambit, es war das des Mannes, und schnitt die Kabelbinder durch.
„Natürlich benötigen wir einen Beweis der Treue", sagte Ruth Manning.
„Wie soll der aussehen?", fragte der Mann.
„Eleminieren Sie Graham." Sie sagte das, als würde sie beim Schlachter ein Pfund Gehacktes bestellen. „Und wenn Sie das getan haben, würden wir gerne Ihren echten Namen erfahren. Kein Mensch heißt Winston Fitzroy."
„Glauben Sie."

Die Rothaarige gab ihm das Karambit.
„Los", sagte Ruth Manning.

Mit einer schnellen Bewegung schnitt der Mann mit dem Messer die Kehle der Rothaarigen durch, zog die Waffe aus ihrem Hosenbund und erschoss die Maskierten. Dann traf ihn etwas am Kopf. Er verlor die Kontrolle über seinen Körper. Er ließ die Waffe fallen und ging zu Boden. Es dauerte eine Weile, bis der Schwindel verschwand. Er schüttelte den Kopf und schaute hoch. Er sah Ruth Manning, die mit der Waffe der Rothaarigen auf ihn zielte. In der zweiten Hand hielt sie eine Holzlatte. Damit musste sie ihm eins übergezogen haben. Eine Soldatin, er hatte es doch gewusst. Er war ein Idiot.

„Das war dein Plan?", fragte Lozen, „allein gegen sieben?"

„Ich werde Milliardärstöchter künftig nicht mehr unterschätzen."

„Künftig? Glauben Sie noch an eine Zukunft?", fragte Ruth Manning.

Die Verbindungstür zwischen Haus und Wintergarten quietschte erneut und drei Maskierte stürmten mit gezogen Waffen herein.

„Etwas langsam", sagte Ruth Manning zu ihnen.

Der Mann kniff die Augen zusammen. Sein Kopf dröhnte. Einen Meter von ihm lag das Karambit. Viel zu weit. Er hörte einen Vogelruf.

„Das war dein Plan?", fragte ihn Lozen, „allein gegen zehn?"

„Hättest du einen besseren Plan gehabt?", fragte der Mann.

„Ja."

„Den würde ich gerne hören."

Es gab ein leichtes Krachen, als die Kugel das Glas des Wintergartens durchschlug und einen der Maskierten in den Kopf traf. Ein Scharfschütze.

„Beweg deinen alten Arsch", sagte Lozen.

Der Mann wuchtete sich hoch. Ruth Manning versuchte, sich ihm in den Weg zu stellen. Er warf sie zu Boden. Wieder das Krachen einer Kugel, die das Glas durchschlug. Ein zweiter Maskierter ging zu Boden. Der Mann trat Carl Denvers zwischen die Beine, griff das Karambit und befreite Lozen.

Krachen. Kugel. Glas. Der dritte Maskierte war ausgeschaltet. Gerry Manning starrte mit aufgerissenen Augen auf die Einschusslöcher im Glas.

„Und jetzt?", fragte der Mann.

„Rennen."

Sie liefen los, zur Tür, die vom Wintergarten ins Freie führte. Ein Park. Eine Wiese. Dahinter Bäume. Dahinter eine Mauer.

„Zur Mauer", sagte Lozen.

Sie rannten los. Von links kam ein Mitglied der Horde auf sie zu. Er blieb stehen und legte mit einer Pistole an. Zum Abdrücken kam er nicht mehr.

Ein Schussgeräusch. Zwei Meter entfernt von ihnen spritzte Erde hoch. Sie blickten zurück. Ruth Manning schoss auf sie. Lozen und der Mann rannten weiter.

„Die ist wahnsinnig", sagte der Mann.

„Völlig falsche Erziehung", sagte Lozen.

Auf der linken Seite tauchten drei weitere Mitglieder der Horde auf. Anders als der vorherige Angreifer bewegten sie sich zwischen den Bäumen, die ihnen Deckung gaben.

„Nach rechts", sagte Lozen.

Dem Mann ging die Puste aus. Lozen schien das Laufen nichts auszumachen. Erstaunlich, bei ihrem Lebenswandel. Einer der drei Verfolger wurde in die Brust getroffen. Er fiel hin, stand auf und lief weiter. Er musste eine kugelsichere Weste tragen.

Lozen und der Mann erreichten eine dicht beieinanderstehende Baumgruppe, durchquerten sie und erreichten eine Mauer. Auf der saß Omar Meze. Er warf ihnen Waffen zu.

„Die drei gehören euch. Karen kriegt sie von ihrer Position nicht."

Lozen und der Mann sahen sich an und nickten. Sie drehten sich um und gingen ruhig auf die drei Verfolger zu. Feuerten auf die Köpfe. Es war schnell vorbei. Sie erwischte zwei, er einen. Wenn die Zombie-Apokalypse kam, würde er Lozen gerne an seiner Seite haben, dachte der Mann.

Sie gingen zurück zum Wintergarten. Nicht nur die Rothaarige und die Mitglieder der Horde lagen tot am Boden, sondern auch Gerry Manning. Lozen sah ihn sich an. Sie fand keine Schusswunde. Sie sah den Mann fragend an.

„Herzanfall, würde ich vermuten. Wegen der Aufregung."

„Hm."

„Was ist eigentlich gerade passiert?"

Sie zeigte ihm ihren linken Unterarm. Er sah eine kleine Narbe.

„Du hast sicher größere", sagte er.

Sie erklärte ihm, dass Nick Davout ein Grinder war, ein Biopunk, der den menschlichen Körper für fehlerhaft hielt, und den galt es zu verbessern. Durch Manipulation der Gene oder durch technische Aufrüstung. Nick Davout hatte durchgesetzt, dass jeder Mitarbeiter einen Chip in den Unterarm implantiert bekam, damit man ihn im Notfall orten konnte.

„Du hast dich gefangennehmen lassen", sagte er.

„Kluges Kerlchen."

„Das heißt, du hast mich beobachten lassen und wusstest, dass sie mich geschnappt hatten."

„Ich habe dich beobachtet und als sie dich aus der Wohnung der Rothaarigen getragen haben, habe ich so getan, als wollte ich dir helfen."

„Das klingt jetzt wieder nicht so durchdacht."

Sie zuckte mit den Schultern.

„Ich habe deinen Arsch gerettet, würde ich sagen."

„Woher wusstest du, dass deine Leute hier sind?"

Sie zog die Augenbrauen hoch.

„Der Vogelruf", sagte er.

„Geht doch."

Omar Meze und Karen Seymour betraten den Wintergarten. Die Afroamerikanerin trug ein Scharfschützengewehr.

„Ein Hoch auf Nick", sagte sie.

„Mal wieder", sagte Lozen.

89.

Sie sammelten die Leichen aus dem Park und dem Wintergarten ein, warfen sie ins Haus, schütteten Benzin in die Räume im Erdgeschoss und entzündeten es. Die Flammen breiteten sich schnell aus. Lozen und der Mann gingen raus und stellten sich vor das brennende Gebäude. Sie hielt eine der Masken in der Hand. Die hatte ein Einschussloch in der Stirn, um das herum Blut klebte.
„Traurig wegen der Rothaarigen?", fragte Lozen, deren Hände leicht zitterten, weshalb sie einen Joint rauchte.
„Nein."
„Im Schluss machen bist du gut, was?"
„Ein Profi."
„Dachte ich mir."
Erste Scheiben im Haus und im Wintergarten platzten wegen der Hitze des Brandes. Lozen schaute mit leicht verträumtem Blick auf die Flammen.
„Du magst Feuer, oder?", fragte der Mann.

„Ich finde es sehr schön."

„Ich auch."

„Willst du die romantische Stimmung nutzen und mich angraben?"

„Ein anderes Mal vielleicht."

„Ich störe euer Geplänkel ja ungern, aber was machen wir?", fragte Karen Seymour.

„Wir informieren McKay und Farossi", sagte Lozen.

„Wir haben keine Beweise. Black Phoenix wird davonkommen", sagte der Mann. Er bemerkte, dass sie ihn prüfend anblickte. „Ist was?", fragte er.

„Sag du es mir."

Spike Minegishi, er hatte den Hacker völlig vergessen.

„Hat Minegishi dir irgendetwas gesagt?"

„Du meinst, nachdem ich ihn aus deinem Privatgefängnis geholt habe, was übrigens erstaunlich einfach war?"

„Der arme Mac."

„Ich schicke ihm einen Geschenkkorb."

„Er wird sich freuen."

„Freude ist wichtig."

Weitere Scheiben platzten. Ein Wind kam auf, versetzte die Flammen in wilde Bewegungen.

„Also, Minegishi?"

„Er hat E-Mails geliefert, die er gespeichert hatte, in denen er, Manning, Denvers und Lupoff über das Vorgehen von Minutemen21 diskutieren."

„Wozu hat er sie aufbewahrt?"

„Er hat gesagt, dass, falls die Sache auffliegen sollte, er nicht allein untergehen wollte."

„Paranoid und vorsichtig. Klingt nach Minegishi." Er dachte nach. „Wie hast du ihn zum Reden bekommen?"

„Ich? Gar nicht. Ich habe ihn Harv übergeben. Er konnte Dinge anbieten, die wir nicht anbieten konnten."

„Waterboarding und elektrischer Stuhl?"

„Geld und das Zeugenschutzprogramm."

Irgendetwas stimmte an dieser Geschichte noch nicht so ganz, dachte der Mann und blickte zum Haus, das mittlerweile lichterloh brannte. Er spürte die Hitze des Feuers. Plötzlich begriff er.

„Harv. Er hat dich beauftragt, ihn zu holen."

Sie sagte nichts.

„Aber warum? Er hätte mich einfach fragen können."
„Aufträge in Washington D.C. sind keine Hinterhofschlägereien, alter Mann."
„Ist mir auch aufgefallen."
Sie lächelte.
„Indem er ihn aus deinem Privatgefängnis hat holen lassen, ist Harv quasi in Vorleistung gegangen, hat Minegishi seine Wertschätzung gezeigt, ihm klar gemacht, dass er bereit ist, ein Risiko einzugehen."
„Clever."
„Harv ist ein Meister."
„Wo ist Minegishi jetzt?"
„In einer abgelegenen, gut bewachten Villa mit allem Komfort irgendwo in
Virginia."

Karen Seymour kam zu ihnen und meinte, dass sie jetzt gehen sollten.
„Du, ich, die Rothaarige, Tricky Dick, am Ende sind wir alle Söldner", sagte Lozen und schaute zum brennenden Haus.
„Reisläufer."
„Reisläufer?"

„So hat man Söldner früher in der Schweiz genannt."

„Was ist das mit dir und der Schweiz?"

„Ich mag gute Schokolade."

„Die gibt es auch in Belgien."

90.

Kris Chan parkte vor einer heruntergekommenen Lagerhalle aus rotem Stein, vor der ein überfüllter Müllcontainer stand. Gegenüber war eine mit Graffiti bemalte Mauer, hinter der Autos parkten.

„Willst du es ihr wirklich nicht sagen?", fragte sie.

„Nein. Welchen Sinn würde es machen?"

„Sie vertraut dir jetzt. Sollte sie nicht wissen, wer ihre Mutter war?"

„Das muss ihr Vater entscheiden."

Kris Chan und der Mann stiegen aus und gingen eine Auffahrt hoch, die ins Gebäude führte. Vor dem Tor blieben sie stehen. Es gab keine Klingel. Der Mann entdeckte eine kleine Kamera. Es dauerte eine Weile, bis sich das Tor öffnete. Dahinter lag ein von zwei verdreckten Neonröhren beleuchteter Vorraum, in dem jede Menge Bauschutt lag.

Kaum waren sie eingetreten, schloss sich das Tor. An den Wänden gab es groteske Graffitis, die fiese

Monster mit blutunterlaufenen Riesenaugen zeigten. Den Stil kannte der Mann. Am Ende des Vorraums befand sich ein weiteres Tor, das sich öffnete, als sie darauf zu gingen. Melina Scavone wartete auf sie. Sie nickte Kris Chan und dem Mann zu und machte ein Zeichen, ihr zu folgen. Die Bodybuilderin hatte geschwiegen. Das hatte Lozen gefallen und sie deshalb angestellt.

Sie gelangten in die eigentliche Lagerhalle. Keine Fenster. Die Raumhöhe nicht mehr als drei Meter. Links und rechts säumten wie Bäume auf einer Allee rostige Metallpfeiler den Weg. Wieder Licht durch Neonröhren. Wieder Graffitis an den Wänden. Im Zentrum hatte man durch Trennwände aus Glas und grüngestrichenem Metall ein Hallenbüro errichtet, von dem aus man in alle Richtungen schauen konnte. Der Mann sah Nick Davout und Karen Seymour an Rechnern sitzen.

„Hey", sagte Lozen, die vorm Büro eine Zigarette rauchte.

„Das ist also der Unterschlupf", sagte der Mann.

„Jup. Wir werden nicht als Mieter geführt. Und keiner wird Mikros und Kameras verstecken können. Nick hat dafür gesorgt."

„Willkommen im Untergrund."

Melina Scavone verschwand im Hallenbüro.

„Schreckt die Lage nicht die Kunden ab?", fragte Kris Chan.

„Wir haben ein repräsentatives Büro am Rande von Georgetown. Mit einem sehr vorzeigbaren Büroangestellten in einem eleganten Anzug."

„Wenn euch also jemand in die Luft jagen will, trifft es ihn."

„Witzig."

Sie betraten das Hallenbüro. Im Eingangsbereich hing ein Fernseher, darüber die Maske mit dem Einschussloch in der Stirn. Ein Nachrichtenkanal lief. Die Politorakel waren sich mittlerweile einig: Joel Kraft würde die Vorwahlen gewinnen und dann Präsident Adam A. Kettle zum Schwitzen bringen.

„Wo ist Johnnie?", fragte der Mann.

„Bei mir zu Hause. Er hat die bekloppte Idee, mein Haus auf Vordermann zu bringen. Er hat es schon grün gestrichen und einen Zaun gebaut. Jetzt beginnt er damit, den Garten anzulegen."

„Klingt brutal. Arbeitet er auch hier?"

„Johnnie ist nicht der Bürotyp."

Auf dem Fernseher war mittlerweile das Vietnam Veteran Memorial zu sehen. Eine Kranzniederlegung. Es war Veterans Day, der Feiertag, an dem Veteraninnen und Veteranen geehrt wurden.

„Warum arbeitest du heute?", fragte der Mann.

„Ich mag diese offiziellen Zeremonien nicht sonderlich. Omar holt mich nachher ab und wir gehen in eine Kneipe in Maryland."

„Morgen sollte ich also nicht vor sechs Uhr abends anrufen."

„Sagen wir acht Uhr."

Lozen führte sie in ihr neues Büro, in dem die Möbel aus dem alten standen, die in dieser Umgebung deplatziert wirkten. Sie setzten sich.

„Also, wie sieht es aus?", fragte der Mann, der mit Kris Chan einen Auftrag in Montreal erledigt hatte.

„Ich habe gestern mit Harv gesprochen. Wie es aussieht, wird nur Denvers hinter Gitter kommen, weil er die EMails an Minegeshi geschrieben hat und die anderen nur im CC standen. Manning und Lupoff werden mit einer Bewährungsstrafe davonkommen."

„Hm."

„Für mich gibt es immer noch eine offene Frage", sagte sie.

„Nur eine?"

„Eine von Relevanz."

„Die wäre?"

„Du hast gesagt, sie hätten dich angeheuert, weil sie über meine jeweiligen Schritte informiert sein wollten und dass die Begründung darin lag, dass dieser Engländer Angst vor mir hatte."

„Stimmt."

„Aber ich bin weder ihm, dem Alten noch den Mannings je begegnet."

„Dein Ruf."

„Überzeugt mich nicht."

„Vielleicht steckte Kraft doch mit drin, auch wenn Farossi es bezweifelt. Er hatte Ärger mit dir in der Vergangenheit, er hat rückblickend am meisten von den Manipulationen und den Aktivitäten der Horde profitiert."

„Kann sein."

Sie rieb sich die linke Hand.

„Ich bin morgen ganz in der Nähe von Kraft und den Mannings."

„Wieso?"

„Ich besuche Eike und Earl."

„Hoffentlich triffst du Ruth nicht im Flugzeug."

Interlude 3

Die geschlossene Black-Phoenix-Chat-Gruppe auf dem Instant-Messanger-Portal des Onlinedienstes LukOut:

LadyMystery5: „Was werden wir jetzt machen?"

Wondergirl32: „Abwarten. Kräfte sammeln. UnionJack helfen. Unser Anliegen weiter vorantreiben."

LadyMystery5: „Und die Zielperson?"

Wondergirl32: „Kümmere ich mich drum."

LadyMystery5: „Mach nichts Unüberlegtes."

Wondergirl32: „Ich überlege immer."

91.

Der Sänger beklagte, dass er die Kontrolle verliere, dass er in einem Traum triebe und sich an nichts erinnern könne. Eine neue Barkeeperin mit blondem Haar, die ein kurzes Kleid, kniehohe Strümpfe und Springerstiefel trug, hatte die Rothaarige ersetzt. Der Mann, Johnnie To und Kris Chan leerten ihre Weingläser, fuhren im Fahrstuhl runter ins Foyer, verließen das Hotel und gingen ins Parkhaus. Sie wollten in ein Kino in Columbia Hights, in dem ein alter Film über eine fleischfressende Pflanze lief. Als sie das Parkhaus betraten, standen sie da. Regungslos. Still. Die großen schwarzen Augen starrten sie an. Einige hielten Baseballschläger in den Händen. Hinter der Horde brannte der Dodge des Mannes. Kris Chan legte die rechte Hand auf den Griff ihrer Glock 22 und lächelte. Einer aus der Horde hob die Hand und die Mitglieder der Gruppe rannten weg. Der Mann nahm den Feuerlöscher, der beim Eingang an der Wand hing, und löschte den Wagen.

„Was sollte das?", fragte Johnnie To.

„Einschüchterung. Sie wollen uns sagen, dass wir sie nicht vergessen sollten", sagte Kris Chan.

„War der Wagen versichert?"

„Nein."

Das Telefon von Johnnie To klingelte. Er ging ran. Statt seines Namens sagte er nur ‚Jup'. Dann hörte er zu. Dann sagte er ‚Fuck'. Dann sagte er nochmal ‚Fuck' und beendete das Gespräch.

„Was ist los?", fragte Kris Chan.

„Das war Eike. Lozen wurde in South Dakota verhaftet."

„Sie wurde was?", fragte der Mann.

„Verhaftet."

„Weswegen?"

„Wegen Mord."

Die Fortsetzung demnächst in:
Renn, Lozen, renn!

Personenregister in alphabetischer Reihenfolge

Chumani Arendts, die verstorbene Ehefrau von Deputy Sheriff Eike Wolfen

Earl Arendts, der Sheriff von Homer City und Vater von Chumani

Rupert Markus Babcock, ein FBI-Agent und Killer

Oscar Binder, Hacker von Minutemen21

Pierce Britton, ein Faschist, Rassist, Gründer der rechtsradikalen Gruppe Patriot Nation und der Internetseite American Guard

Bedford Balu Brummel, ein Mitarbeiter von Lozen Graham

Arvist Bunger, ein deutscher Blogger und Kulturjournalist. Er ist der Ex von Lozen.

Kris Chan, eine Muay Thai-Kämpferin.

Nick Davout, ein ehemaliger CIA-Mitarbeiter mit fotografischem Gedächtnis und dem IQ eines Genies. Er arbeitet für Graham Security.

Carl Denvers, Ehemann von Ruth Manning, arbeitet für das Fathers Foundation Institute (FFI)

Lena Dixon, Wahlkampfmanagerin des Präsidentschaftskandidaten William McKay

Harvey Farossi, der Berater von Adam A. Kettle, der Präsident der USA

Geoff Frank, Chef von Hazard, einer Firma für Computerspiele

Sana Gaston, eine Anwältin

Lozen Graham, eine ehemalige Scharfschützin und Ermittlerin des CID, jetzt Chefin von Graham Security

Adam A. Kettle, Präsident der USA

Ruth „Ruthie" Maria Knox, Sekretärin, Telefonfräulein und Seele des Sheriff's Office von Chayton County

Joel Kraft, Bürgermeister von Homer City und Gouverneur von South Dakota. Er ist Mitglied der Republikanischen Partei.

Henry ‚Tricky Dick' Krowbar, ein Anwalt und Manipulator

Brenda Lupoff leitet das Fathers Foundation Institute (FFI).

Mac, Sicherheitschef im Belhaven

Gerry Manning, konservativer Milliardär

Ruth Manning, Tochter von Gerry Manning

Rowan McIntire, Mitarbeiter von Lozen Graham

William McKay, republikanischer Präsidentschaftskandidat

Omar Meze, Leiter einer Selbsthilfegruppe für Veteranen

Spike Minegishi, Hacker von Minutemen21

Dave Ormston, ehemaliger Polizist aus England

John Petracci, ein sechzig Jahre alter General und Witwer. Er ist ein Liebhaber von Lozen.

Melina Scavone, eine Bodybuilderin

Kate Seymour, Mitarbeiterin von Lozen Graham

Johnnie To, ein drogenabhängiger Dieb

Joko Uwais, ein Cyberverbrecher und Mitbesitzer des Belhaven

Deidre Ventura, die Freundin von Adrian Wacker

Adrian Wacker, linker Blogger und Journalist

Eike Wolfen, ein ehemaliger Ermittler der Berliner Mordkommission, Deputy Sheriff in Chayton County und Ehemann der verstorbenen Chumani Arendts